La llave mágica

MONTAÑA
ENCANTADA

Lynne
Reid Banks

La llave mágica

EVEREST

Dirección editorial: Raquel López Varela
Coordinación Editorial: Matthew Todd Borgens
Maquetación: Ana María García Alonso

Título original: *The Indian in the Cupboard*
Traducción: Pilar Salamanca Segoviano
Diseño de cubierta: Jesús Cruz

Fotografías de cubierta pertenecientes a la película
LA LLAVE MÁGICA, cedidas por Columbia TriStar Films
de España, S. A.

DÉCIMA EDICIÓN

Text © Lynne Reid Banks
© EDITORIAL EVEREST, S. A.
Carretera León-La Coruña, km 5 - LEÓN
ISBN: 84-241-3266-1
Depósito legal: LE. 198-2004
Printed in Spain - Impreso en España

EDITORIAL EVERGRÁFICAS, S. L.
Carretera León-La Coruña, km 5
LEÓN (España)
Atención al cliente: 902 123 400
www.everest.es

1. REGALOS DE CUMPLEAÑOS

No es que el regalo de Patrick le hubiera desagradado. No, no era eso. En realidad, Omri estaba –por decirlo de alguna manera– muy agradecido. Era raro que Patrick le regalara algo, y más aún si ese algo era uno de sus indios de plástico. El único problema era que Omri ya tenía montones de indios como aquél y, por lo tanto, no le llamaban mayormente la atención. Si un día decidiera reunirlos todos, podría llenar, por lo menos, tres o cuatro cajas de galletas, pero, claro, eso era bastante difícil, porque casi siempre andaban desperdigados por el baño, la cocina o la salita, sin contar los que había en su cuarto o en el jardín. El montón de abono, sin ir más lejos, estaba lleno de soldaditos que, otoño tras otoño, su madre, que no tenía ningún cuidado con estas cosas, había ido rastrillando entre las hojas caídas.

Omri y Patrick habían pasado muchas horas juntos jugando con sus colecciones de indios y soldaditos de plástico. Pero ya se habían aburrido de ellos y, por eso, cuando Patrick se presentó con la suya en el colegio como regalo de cumpleaños, Omri se llevó un chasco. Intentó disimularlo, pero, la verdad, se sentía un poco desilusionado.

—¿Seguro que te gusta? —le preguntó Patrick al ver que no decía nada.

—Sí, es… fantástico —contestó Omri con una voz poco convincente—. Precisamente yo no tengo ningún indio…

—Me lo suponía…

—Pero es que… tampoco tengo vaqueros.

—¡Anda, ni yo! Por eso este indio no me sirve para nada.

Omri estuvo a punto de decir que eso mismo le pasaría a él, pero se calló por no herir los sentimientos de Patrick. Guardó el indio en un bolsillo y se olvidó del asunto.

A la hora de la merienda, después de salir del cole, llegó el momento de los nervios, cuando se puso a abrir los regalos de sus padres y de sus dos hermanos: la tabla de monopatín con ruedas criptónicas fue cosa de papá y mamá. Adiel, su hermano mayor, le regaló el casco. Gillon, su otro hermano, no había comprado nada porque no tenía dinero (llevaba una temporada sin recibir propinas por culpa de un desafortunado accidente con la bicicleta de su padre). Por eso, la sorpresa de Omri fue mayúscula cuando su hermano puso delante de él un gran paquete envuelto, no con mucho cuidado, en papel marrón y atado con una cuerda.

—¿Qué es esto?

—Abre y verás. Lo encontré en el callejón.

Se refería al callejón que había detrás del jardín, donde solían dejarse los cubos de basura. A veces, los tres hermanos encontraban allí verdaderos tesoros que otros vecinos –posiblemente más ricos– habían tirado.

Tal vez por ello, Omri se puso muy nervioso mientras rasgaba el papel.

Dentro había un armarito metálico con un espejo en la puerta: el tipo de armarito que antiguamente se ponía encima del lavabo del cuarto de baño.

Viendo aquello, completamente vacío y con una sola balda en su interior, cualquiera hubiera dicho que se acababa de llevar el segundo chasco del día, pero, curiosamente, no fue así: Omri parecía encantado. Y es que le gustaban los armarios de cualquier clase, por lo divertido que le resultaba meter cosas dentro. No es que fuera muy ordenado, no, pero disfrutaba colocando sus cosas en armarios y cajones con el fin de encontrarlas luego en el mismo sitio en que las había dejado.

—¡Ojalá tuviera una llave! —dijo.

—Podías darme las gracias antes de empezar a quejarte —replicó Gillon.

—Mira —dijo su madre—, tiene cerradura, y yo conservo un montón de llaves en una caja. ¿Por qué no pruebas a ver si alguna de las más pequeñas puede servirte?

La mayoría de las llaves eran demasiado grandes, pero encontró media docena de ellas que tal vez pudieran valer. Todas, por cierto, bastante corrientes. Bueno…, todas menos una. La "no–corriente" era la más interesante de toda la colección: pequeña, con guardas muy complicadas y una curiosa ornamentación. Colgaba de una cinta de raso rojo que atravesaba uno de sus agujeros. Omri decidió dejarla para el final.

Como ninguna de las otras servía, tomó la pequeña y la introdujo cuidadosamente en la cerradura de la puerta, justo debajo del tirador. Omri rogó a los cielos que aquella llave sirviera. Lamentó haber malgastado su suerte al soplar las velas de la tarta pidiendo un deseo tan tonto (o mejor dicho, tan poco probable) como aprobar su examen de ortografía al día siguiente en el colegio. Y sí que necesitaba verdadera magia para aprobar, más aún teniendo en cuenta que ni siquiera se había leído el vocabulario que le habían mandado estudiar hacía ya cuatro días. Así pues, Omri cerró los ojos y, por unos instantes, se olvidó del examen para concentrarse en el poder de aquella llavecita que podía transformar el regalo de Gillon en todo un armario secreto.

La llave giró suavemente dentro de la cerradura. Sólo él, en lo sucesivo, podría abrir aquella puerta.

—¡Mira, mami! ¡Hay una que sirve!

—¿Ah, sí? ¿Cuál?

Su madre se acercó a mirar.

—¡Oh, *ésa*! ¡Qué casualidad! Ésa era la llave del joyero que mi abuela compró en Florencia. Era una caja de cuero rojo que, después de mucho tiempo, se estropeó y hubo que tirarla. Pero la abuela guardó la llave y, pasados los años, me la dio a mí. Cuando murió, era terriblemente pobre y no hacía más que llorar porque no tenía nada que dejarme, pero yo le repetí una y otra vez que no se preocupara, que yo prefería esta llave a todas las joyas del mundo. La até con esta cinta —entonces era mucho más larga— y me la colgué al cuello. Prometí que no me la quitaría nunca. Y durante mucho tiempo lo cumplí, pero un día se rompió la cinta y casi me quedo sin llave…

—Podías haber puesto una cadena —apuntó Omri. Ella lo miró.

—Tienes razón —contestó—. Debería haberlo hecho, pero no lo hice. Ahora la llave es tuya. Pero, por favor, no la pierdas, ¿de acuerdo?

Omri guardó la llave en el cajón de la mesilla de noche, aunque de vez en cuando la cogía para abrir y cerrar el armarito. No tenía ni idea de qué es lo que podría colocar dentro.

—Es un armario de medicinas —le dijo Gillon—. Podrías poner ahí las gotas para la nariz.

—No; eso es una bobada. Además, no tengo más medicinas.

—¿Y por qué no guardas esto? —sugirió su madre enseñándole lo que tenía en la mano.

Omri miró para ver lo que era: se trataba del indio de Patrick.

—Lo encontré en el bolsillo de tu pantalón cuando fui a meterlo en la lavadora.

Con mucho cuidado, Omri colocó al indio en la balda.

—¿Lo vas a guardar ahí? —preguntó su madre.

—Sí, con llave.

Así lo hizo y, después de dar un beso a su madre, apagó la luz y se metió en la cama, observando el armario desde allí. Estaba muy contento. Aunque, a punto ya de quedarse dormido, sus ojos se abrieron como platos: juraría que había oído un pequeño ruido... Pero no, todo estaba tranquilo y en silencio. Y volvió a cerrar los ojos.

Pero a la mañana siguiente ya no había duda: el ruido era tan manifiesto que lo despertó.

Durante unos instantes permaneció inmóvil, observando el pequeño armario del que salía aquella extraña sucesión de ruidos: golpecitos, arañazos y algo pareci-do –¿sería posible?– a una voz, a una voz humana...

Para ser sinceros, Omri estaba aterrorizado. ¡Y quién no! Ahora estaba seguro de que había algo vivo dentro del armario. Por fin se decidió, alargó una ma-no y se atrevió a tocarlo. Con suavidad, tiró de la puer-ta, que estaba perfectamente cerrada. Al tirar, el arma-rito se movió un poco. Entonces el ruido cesó.

Omri se quedó de nuevo inmóvil durante mucho tiempo, pensando. ¿Serían imaginaciones suyas? Aho-ra no se oía ningún ruido. Por fin, con mucho cuidado, dio una vuelta a la llave y abrió la puerta.

El indio había desaparecido.

Omri se incorporó en la cama y rebuscó por todos los rincones. De pronto lo vio. El indio ya no estaba encima de la balda sino al fondo del armario. Y tam-poco estaba de pie, sino acuclillado en el rincón más oscuro, casi escondido detrás del reborde exterior del armarito. ¡Y, por si fuera poco, estaba vivo!

Omri se dio cuenta enseguida. Por de pronto, y aunque el indio intentaba permanecer completamente inmóvil –tan inmóvil como Omri se había quedado ha-cía tan sólo unos minutos–, pudo ver que respiraba profundamente. Sus hombros, morenos y desnudos, subían y bajaban, brillantes por el sudor. La única plu-ma de su huincha –la cinta que llevaba en la cabeza–, se agitaba levemente, como si el indio temblara. Cuan-do Omri se acercó para ver mejor y rozó con su alien-to aquel pequeño cuerpo, éste se puso en pie de un sal-to; su diminuta mano hizo un rápido movimiento hacia el cinto y se detuvo en el mango de un cuchillo más pe-queño que el pincho de una chincheta.

Ni Omri ni el indio se movieron durante, aproximadamente, minuto y medio. Apenas respiraban. Tan sólo se miraban fijamente el uno al otro. Los ojos del indio eran negros y feroces, y revelaban temor. Su labio inferior dejaba ver unos dientes brillantes y blanquísimos, tan pequeños que apenas se distinguían salvo cuando les daba la luz. Estaba de pie, con la espalda pegada a la pared del fondo del armario, cuchillo en mano, rígido de miedo, pero desafiante.

La primera idea sensata que se le ocurrió a Omri, una vez recuperado del susto, fue: "¡Tengo que llamar a los otros!", es decir, a sus padres y a sus hermanos. Sin embargo, algo –no sabía muy bien qué– lo detuvo. Tal vez fuera el temor de que, si le quitaba la vista de encima, aunque fuera sólo un instante, el indio desaparecería o se volvería otra vez de plástico, y cuando llegaran los otros, se reirían de él y lo acusarían de inventarse historias. ¿Quién se iba a atrever a culparlos de no creer *aquello*, a menos que lo hubieran visto con sus propios ojos?

Otra razón para no llamarlos fue que si lo ocurrido no era un sueño y aquel indio estaba realmente vivo, aquello podría ser lo más maravilloso que jamás le había ocurrido, y Omri quería guardárselo para él solo, al menos en un principio.

La segunda idea que se le ocurrió fue cogerlo en sus manos. No quería asustarlo, pero tenía que tocarlo. *Tenía* que hacerlo. Lentamente, introdujo la mano dentro del armario.

El indio pegó un saltó espectacular. Su negra cola de caballo ondeó de un lado a otro y el aire hizo que sus pantalones se hincharan como un globo. El cuchillo relampagueó por encima de su cabeza. Dio un grito, un grito muy pequeño, tan pequeño como su cuerpo, pero lo suficientemente agudo como para hacer saltar a Omri. Claro que aquel salto no fue ni la mitad del que pegó cuando el minúsculo cuchillo se clavó en su dedo y le hizo sangre.

Se metió el dedo en la boca y, mientras lo chupaba, se le ocurrió pensar en lo gigantesco que debía de parecerle al diminuto indio, y en lo valiente que había sido el pobre al apuñalarlo. El indio seguía allí, plantado con sus mocasines, su respiración agitada, el cuchillo dispuesto y una mirada salvaje. A Omri le pareció que tenía un aspecto magnífico.

—No voy a hacerte daño —dijo—. Sólo quiero cogerte.

El indio abrió la boca y, con su extraña vocecita, soltó un retahíla de palabras que Omri no fue capaz de entender. Pero pudo ver que la extraña mueca del indio apenas variaba y se dio cuenta de que aquel hombrecito podía hablar sin mover los labios.

—¿Sabes hablar inglés? —preguntó.

Omri había visto que en todas las películas de indios hablaban algo de inglés. Sería terrible que su indio no hablara nada. ¿Qué iba a hacer entonces?

Por una décima de segundo, el indio bajó su cuchillo.

—Yo hablar —gruñó.

Omri suspiró aliviado.

—¡Menos mal! Escucha, yo no sé lo que ha ocurrido para que tú estés ahora aquí, vivo, pero seguramente tiene algo que ver con este armario, o a lo mejor con la llave. Sea lo que sea, el caso es que aquí estamos los dos, y me parece fantástico, y no me importa lo del cuchillo, pero, por favor, ¡déjame cogerte! Al fin y al cabo —añadió con un tono más que razonable—, eres mi indio.

Habló todo lo deprisa que pudo, mientras el indio lo miraba sin pestañear. Finalmente el indio bajó el cuchillo algo más, aunque seguía sin decir una sola palabra.

—Pero, bueno, ¿vas a dejarme o no? ¡Di algo por lo menos!

—Yo hablar *despacio* —gruñó por fin el indio.

—¡Ah, bueno! —exclamó Omri.

Después de pensar un poco, volvió a repetir su pregunta, ahora más despacio.

—Que–si–me–de–jas–co–ger–te.

Como un resorte, el indio volvió a levantar su cuchillo, al tiempo que se preparaba para saltar.

—No.

—¡Anda, por favor!

—Tú tocar, yo matar.

Si a cualquiera de nosotros nos hubieran dicho algo parecido, nos habríamos echado a reír, y más viniendo la amenaza de quien venía: de una criatura minúscula, no más grande que el dedo corazón y armado con un cuchillo del tamaño de una chincheta. Pero Omri no se rió. No le apetecía nada reírse. Aquel indio –*su* indio– se comportaba exactamente igual que un guerrero indio de verdad, y a pesar de la enorme diferencia que existía entre sus respectivos tamaños y fuerzas, a Omri le infundía cierto respeto. Incluso en aquel momento, aunque pueda parecer mentira, hasta le tenía un poco de miedo.

—De acuerdo, de acuerdo. No te tocaré, pero tampoco hace falta ponerse así, hombre... Ya te he dicho que no quiero hacerte ningún daño.

Al ver que el indio seguía mirándolo con cara de no entender, volvió a repetir, en lo que suponía era idioma indio:

—Yo–no–hacer–daño.

—Tú cerca, *yo* daño.

Omri, que hasta entonces había permanecido medio tumbado en la cama, se incorporó lentamente. El corazón le latía con fuerza. En realidad, no entendía por qué tenía tanta paciencia. ¿Era para no asustar al indio o porque el indio lo había asustado a él? Ojalá hubiera aparecido por allí uno de sus hermanos, o, mejor, su padre... Pero no llegó nadie.

Descalzo, se acercó al armario y, con cuidado, lo puso mirando hacia la ventana. Aunque había procurado hacerlo con esmero, el indio se tambaleó ligeramente y, al no tener donde agarrarse, cayó al suelo. Al instante ya se había puesto en pie, sin soltar en ningún momento su cuchillo.

—Lo siento —se disculpó Omri.

El indio respondió con otro gruñido.

No volvieron a decirse nada durante un buen rato. Omri lo contemplaba en silencio a la luz de la ventana. Tenía un aspecto impresionante a pesar de sus siete centímetros de altura. El pelo, de un color negro azulado, que llevaba recogido en una trenza y sujeto con la huincha, brillaba al sol. También brillaban los músculos de su diminuto pecho y la rojiza piel de sus brazos. Llevaba las piernas cubiertas con calzones de ante, decorados con dibujos imposibles de apreciar a simple vista, y su cinturón estaba hecho de una cinta de cuero retorcida y sujeta, en la parte delantera, con un nudo. Pero lo mejor de todo eran sus mocasines. Omri trató de recordar dónde había puesto su lupa. Sólo con ella podría admirar los complicados bordados, o lo que fuera, que adornaban su ropa y sus zapatos.

Después se inclinó todo lo que atreverse pudo, para mirar de cerca la cara del indio. Creía que así le sería más fácil distinguir las pinturas de guerra. Pero no había ni rastro de pinturas... La pluma que adornaba su cabeza se le había desprendido de la huincha al caerse y ahora estaba en el fondo del armario. Era, aproximadamente, del tamaño de una púa de castaña, pero, aun así, era una pluma de verdad. Omri no pudo contenerse y preguntó:

—¿Siempre has sido tan pequeño?

—¡Yo no pequeño, tú grande! —gritó el indio, enfadado.

—No...

Omri iba a replicar, pero se contuvo: había oído moverse a su madre en el cuarto de al lado.

El indio, al parecer, también había oído algo, pues de repente quedó paralizado. La puerta de la habitación de sus padres se abrió. Omri sabía que su madre aparecería de un momento a otro para despertarlo. Como un rayo, se inclinó y susurró:

—¡No te preocupes! ¡Enseguida vuelvo!

Cerró el armarito con llave y volvió a meterse en la cama de un salto.

—¡Vamos Omri, es hora de levantarse! —dijo su madre mientras le daba un beso.

Y sin reparar en el armarito, volvió a salir de la habitación, dejando la puerta abierta.

2. LA PUERTA ESTÁ CERRADA

Omri se levantó y comenzó a vestirse, pero estaba tan nervioso que apenas si podía abrocharse los botones y atarse los cordones de los zapatos. El día anterior, el de su cumpleaños, había estado nervioso, pero, comparado con esto, lo de ayer no era nada.

Se moría de ganas de abrir el armario y echar otra ojeada, pero, a aquellas horas de la mañana, el rellano de la escalera que daba a su cuarto parecía más bien el andén de la estación –padres y hermanos pasando por allí continuamente–. Tampoco podía arriesgarse a cerrar la puerta porque corría el peligro de que alguien la abriera de repente. Decidió, por lo tanto, subir a escondidas después del desayuno, mientras los demás creerían que se estaba lavando los dientes…

Pero no pudo ser. Aquella mañana, en la cocina, se organizó pelea porque Adiel se había comido los últimos copos de arroz que quedaban, y aunque había otros muchos cereales y demás cosas buenas, los otros dos hermanos se enfadaron y montaron tal escándalo que su madre perdió los nervios y al final los mandó a todos fuera sin lavarse los dientes.

Salieron de casa apresuradamente. Omri incluso se olvidó de coger la bolsa de la piscina, y eso que era miércoles y le tocaba clase de natación. Era un gran nadador, y cuando se dio cuenta (a mitad de camino, demasiado tarde ya para volver a buscarla), se enfadó tanto que, volviéndose a Adiel, gritó:

—¡Por tu culpa me he olvidado las cosas de la piscina!

Y acto seguido le pegó un empujón. Naturalmente, no sólo llegaron tarde a clase, sino que, además, llegaron hechos una pena.

Todos estos acontecimientos hicieron que Omri se olvidara de su indio. Pero, en cuanto vio aparecer a Patrick, volvió a acordarse. Y ya no dejó de pensar en él durante todo el día.

Podéis imaginar la tentación que sintió de contar a Patrick todo lo que había sucedido. Omri estuvo a punto de hacerlo en varias ocasiones, pero se contuvo, aunque no pudo evitar darle algunas pistas...

—Tu regalo ha sido el mejor de todos.

Patrick lo miró asombrado.

—Yo creía que te habían comprado un monopatín.

—Sí..., claro, pero prefiero el tuyo.

—¿Más que el monopatín? ¡Venga, hombre, no me tomes el pelo!

—No, en serio, es, ¿cómo diría yo?, más... más interesante.

Patrick se le quedó mirando.

—Oye, no te estarás quedando conmigo, ¿eh?

—Que no.

Después del examen de ortografía, y después de que Omri hubiera sacado sólo tres puntos sobre un total de diez, Patrick empezó a tomarle el pelo.

—Seguro que el indio lo hubiera hecho mejor.

Sin inmutarse, Omri contestó:

—No, no creo que él sepa *escribir* inglés; solamente habla un poco…

Y aunque se calló a tiempo, Patrick lo miró de una forma rara.

—¿Cómo dices?

—No, nada, no he dicho nada.

—Vamos, cuenta… ¿Qué es eso de que puede hablar?

Omri se encontraba sumido en un mar de dudas. Por una parte, quería guardar su secreto porque estaba seguro de que Patrick jamás le creería. Por otra, las ganas de contarlo todo eran difíciles de reprimir.

—Puede hablar —dijo al fin.

—¡Naranjas! —contestó Patrick (que, traducido al dialecto escolar, viene a significar algo así como "No cuentes trolas").

En vez de insistir, Omri no dijo ni una sola palabra más, lo cual hizo que Patrick volviera a preguntar.

—¿Por qué has dicho que puede hablar?

—Porque habla.

—¡Naranjas de la China! —contestó Patrick (que significa exactamente lo mismo pero más todavía).

Omri no tenía ganas de discutir. Presentía que, si decía algo del indio, podría suceder una desgracia. De hecho, a medida que iba pasando el día y crecía su deseo de volver a casa, comenzó a sentir algo raro, como si tan increíble asunto fuera a terminar mal de verdad. Todos sus pensamientos, todos sus sueños daban vueltas alrededor del millón de milagrosas posibilidades abiertas por la existencia de aquel minúsculo indio de carne y hueso que bien podía llamar ya *suyo*. Después de todo, sería terrible que se tratase, sin más, de un descomunal error.

Al salir de la escuela, Patrick quería quedarse en el patio a jugar con el monopatín. Hacía *meses* que Omri soñaba con eso, pero nunca, hasta ahora, había dispuesto de su propia tabla. Así que cuando dijo que no, que tenía que irse a casa y que, además, no la había traído, Patrick no podía dar crédito a lo que oía.

—Pero ¿te has vuelto loco o qué? Además, ¿qué tienes tú que hacer en casa?

—Jugar con el indio.

Los ojos de Patrick se achinaron, incrédulos.

—¿Puedo ir contigo?

Omri se lo pensó un instante. Pero no; estaba seguro de que aquello no funcionaría. Además, era conveniente que él mismo llegara a conocer bien al indio antes de presentárselo a nadie.

Por otra parte, a última hora de la mañana se le había cruzado por la cabeza algo horrible: ¿qué pasaría si el indio fuera *real*, es decir, real de verdad, y no una simple figurita de plástico como Pinocho lo había sido de madera? En ese caso, necesitaría comida y otras muchas cosas. Y Omri lo había dejado encerrado durante todo el día, a oscuras y sin nada de nada. ¿Habría suficiente oxígeno en el armario? La puerta encajaba perfectamente… ¿Cuánto oxígeno podría necesitar una criatura tan pequeña? ¿Y qué pasaría si…? En fin, ¿qué pasaría si el indio se hubiera muerto, allí encerrado, o sea, si él, Omri, lo hubiese matado?

En el mejor de los casos, debía de haber pasado un día horrible en aquella cárcel a oscuras. Omri se sentía fatal sólo de pensarlo. ¿Por qué se había dejado liar en el desayuno, en lugar de ir a comprobar si el indio seguía bien o necesitaba algo? La simple idea de que pudiera estar muerto le daba náuseas. Volvió corriendo a casa, entró como una exhalación por la puerta de atrás y subió de cuatro en cuatro las escaleras, sin saludar siquiera a su madre.

Una vez en su cuarto, cerró la puerta y, de rodillas delante de la mesilla, introdujo la llave en la cerradura del armarito y lo abrió.

El indio estaba tumbado en el suelo, completamente rígido. ¡Demasiado rígido! Aquello no parecía ni siquiera un cadáver. Omri lo cogió. Ya no era "él"; se había convertido en una simple "cosa".

Era otra vez de plástico.

Omri permaneció de rodillas, completamente horrorizado –demasiado horrorizado para moverse–. *Había matado* a su indio. Y, con él, su sueño, todos los maravillosos, apasionantes, secretos juegos que había imaginado a lo largo del día. Pero eso no era lo peor… Durante unos minutos su indio había sido real, no un simple juguete, sino un ser humano, y ahora aquí estaba, en su mano de nuevo: frío, tieso, sin vida. Y todo por su culpa.

¿Cómo había ocurrido?

Omri se negaba a admitir que lo que había sucedido aquella mañana fuera un simple producto de su imaginación. Además, el indio estaba en una posición completamente diferente de la que tenía cuando Patrick se lo regaló. *Entonces* se sostenía sobre un solo pie y tenía el otro levantado, con las rodillas dobladas como si bailara la danza de guerra, los hombros inclinados hacia delante y un puño cerrado en el aire, sujetando su cuchillo. Ahora, en cambio, estaba tumbado, con las piernas separadas y los brazos tendidos a lo largo del cuerpo. Tenía los ojos cerrados. Y había soltado el cuchillo, que estaba a su lado, en el fondo del armario.

Omri lo cogió con cuidado. Descubrió que la mejor manera de hacerlo era humedecerse el dedo y apretarlo contra el minúsculo objeto, de forma que éste se pegara a su piel. El cuchillo era también de plástico, incapaz ahora de pinchar la piel humana. Sin embargo, aquella mañana lo había hecho, había atravesado la piel de su dedo, porque aún conservaba la marca. Claro que aquella mañana el cuchillo era todavía de verdad.

Omri acarició al indio con el dedo. Sintió una sensación muy desagradable en la garganta. La tristeza, la desilusión y una especie de culpa le quemaban por dentro como si se hubiera tragado un pedazo de patata caliente, muy caliente. Tenía ganas de llorar, y las lágrimas acabaron rodando por sus mejillas.

Después de un buen rato inmóvil, absorto, volvió a meter al indio en el armario y cerró la puerta, pues no podía soportar tenerlo así delante ni un minuto más.

Esa noche, en la cena, apenas probó bocado. Ni dijo una sola palabra. Su padre le tocó la frente y advirtió que estaba caliente. Entonces su madre lo subió a la habitación y él se dejó meter en la cama sin protestar. En realidad, no sabía si estaba enfermo o no, pero, como se encontraba tan mal, agradecía los mimos. No es que arreglaran gran cosa, no, pero de alguna manera le servían de consuelo.

—¿Qué te pasa, Omri? —le preguntó su madre mientras le acariciaba el pelo tiernamente.

Omri estuvo a punto de contárselo todo, pero de repente volvió la cara hacia el otro lado.

—No me pasa nada, mamá, de verdad.

Ella suspiró y le dio un beso. Después salió de la habitación cerrando suavemente la puerta.

No había hecho más que salir su madre, cuando se oyó un ruido. Una especie de arañazo –un murmullo, lo que fuera…–, pero, desde luego, un ruido *de verdad* dentro del armario.

Omri encendió la lámpara de la mesilla y contempló su rostro reflejado en el espejo. Vio también la llave, con su cinta roja colgando, y pudo oír los sonidos, ahora perfectamente claros, que salían de allí dentro.

Temblando, dio una vuelta a la llave y… allí estaba el indio, ahora sobre la balda y prácticamente a la altura de la cara de Omri. ¡Vivo y bien vivo!

Se miraron y finalmente Omri preguntó, titubeando:

—¿Qué ha pasado?

—¿Pasar? Buen sueño pasar. Suelo frío. Necesitar manta. Comida. Fuego.

Omri frunció el ceño. ¿No estaría, por casualidad, aquella miniatura dándole órdenes? Pues sí, lo estaba, y había vuelto a blandir su cuchillo de forma que no dejaba lugar a ninguna duda.

Omri estaba tan contento que apenas podía articular palabra.

—De acuerdo. Tú espera aquí. Te traeré comida. No te preocupes.

Bajó corriendo las escaleras, sin poder contener los nervios. ¿Qué significaba todo aquello? Era un verdadero misterio, pero ahora no podía perder ni un solo segundo en tratar de hallar una respuesta. Lo más urgente era llegar abajo sin que sus padres se dieran cuenta, conseguir algo de comida para su indio y volver sin que nadie le hiciera ninguna pregunta.

Por suerte, sus padres estaban en el salón viendo la televisión, así que atravesó el pasillo a oscuras y entró de puntillas en la cocina. Una vez allí, no se atrevió a encender la luz y hubo de arreglárselas con la que salía de la nevera.

Echó una ojeada. ¿Qué comían los indios? Sobre todo carne –o al menos eso creía–. Carne de búfalo, de conejo y de esos animales que se cazan en las praderas. Pero ni que decir tiene que en su nevera no había nada de todo aquello…

Con las galletas, mermelada, mantequilla de cacahuete y cosas similares no había problema, pero Omri estaba seguro de que aquello no era precisamente comida india. De repente, vio abierta una lata de maíz dulce. Fue al cajón, tomó un trozo de papel de aluminio, hizo un cucurucho y echó dentro una cucharadita a rebosar. Dio un pellizco al pan y pensó que sin duda sería también buena idea llevarle algo de queso. ¿Y para beber? ¿Leche? ¿Beberían los indios leche? No, seguro que no: los guerreros indios no beben leche. En las películas decían que bebían una cosa que se llamaba "agua de fuego". Seguramente, y a juzgar por el nombre, sería algo caliente, pero Omri no se atrevía a calentar nada, así que tendría que conformarse con "agua sin fuego" corriente, a no ser que… ¿Y si le subía Coca–Cola? Por lo menos era una bebida típicamente americana. Afortunadamente, aún quedaba un poco en una botella grande que había sobrado de la merienda del cumpleaños. Hubiera preferido llevarle también carne fría, pero ¡qué se le iba a hacer!

Con el corazón al galope, Omri subió las escaleras llevando en una mano la botella de Coca–Cola y en la otra el cucurucho. Todo estaba tal y como lo había dejado, a excepción del indio, que ahora se había sentado en el borde de la balda y, mientras balanceaba las piernas, se entretenía afilando el cuchillo contra el suelo de metal. En cuanto vio a Omri, se levantó de un salto.

—¿Comida? —preguntó.

—Sí, pero no sé si te gustará.

—Yo gustar. Dar, ¡rápido!

Pero a Omri le gustaba preparar bien las cosas. Con unas tijeras cortó un trocito redondo de papel de aluminio y colocó en él una miga de pan, otra de queso y un grano de maíz. Después se lo ofreció al indio, que retrocedió mirando la comida con ojos de mucha hambre, pero, a la vez, sin perder de vista a Omri.

—¡No tocar! Tú tocar y yo usar cuchillo —advirtió.

—De acuerdo; prometo que no te tocaré. Pero ahora come.

Cautelosamente, el indio se sentó, esta vez con las piernas cruzadas. Al principio intentó comer sosteniendo el cuchillo con la mano derecha, pero tenía tanta hambre que enseguida dejó el cuchillo a un lado y, agarrando el pan con una mano y el queso con la otra, comenzó a devorarlos a mordiscos.

Una vez que hubo dado cuenta del pan y del queso, aparentemente familiares para él, se fijó en el grano de maíz.

—¿Qué ser esto? —preguntó con desconfianza.

—Maíz. La misma que… —Omri titubeó un poco antes de seguir—. La misma que crece en el lugar de donde tú vienes —añadió.

Lo dijo al tuntún. En realidad, él no sabía si el indio "venía" de alguna parte, pero estaba intentando averiguarlo. El indio gruñó y tomó el grano –que era como la mitad de grande que su cabeza–, con las dos manos. Después lo olisqueó. Una enorme sonrisa iluminó su cara. Dio un mordisco y la sonrisa se hizo aún más grande. Luego lo separó de su cara y volvió a mirarlo. La sonrisa había desaparecido.

—Demasiado grande —dijo—. Como tú —añadió en tono ciertamente acusador.

—Cómelo. Está rico.

El indio le dio otro bocado. Parecía desconfiar todavía un poco, pero, aun así, comió y comió. Aunque no pudo terminarlo, estaba claro que le había gustado.

—Carne —ordenó.

—Lo siento, pero esta noche no he podido encontrar nada. Mañana te traeré carne.

El indio gruñó de nuevo y después exigió:

—Beber.

Omri estaba preparado. De la caja de su "Action Man" sacó una jarra de plástico. Resultaba demasiado grande, pero era lo único que tenía a mano. Con mucho cuidado, echó una gotita de Coca–Cola y se la pasó al indio, que tuvo que sujetar la jarra con las dos manos porque casi no podía con ella.

—¿Qué ser esto? —preguntó después de olerla.

—Coca–Cola —contestó Omri entusiasmado después de servirse él mismo otro poquito en un vaso.

—¿Agua de fuego?

—No, agua fría, pero te gustará.

El indio probó, sorbió y tragó. Y después volvió a tragar, a tragar y a tragar. Al terminar, hizo una mueca.

—¿Buena? —preguntó Omri.

—¡Buena! —contestó el indio.

—¡*Cheers*! —dijo entonces Omri levantando su jarra tal y como había visto hacer a sus padres cuando brindaban por algo.

—¿Qué *Cheers*?

—Ni idea —contestó Omri, que se sentía como en las nubes, y bebió.

Su indio comía y bebía, o sea, *¡estaba vivo de verdad!* ¡Era de carne y hueso! A Omri le parecía todo tan hermoso que en ese momento hubiera podido morir de felicidad.

—¿Te sientes mejor? —preguntó.

—Yo mejor. Tú no mejor —contestó el indio—. Tú todavía grande. No comer. Volver a tamaño normal.

Omri soltó una carcajada, pero se contuvo enseguida.

—Es hora de dormir —dijo.

—Ahora no. Gran luz. Dormir cuando luz desaparecer.

—Yo puedo hacer desaparecer la luz —dijo Omri.

Y apagó la lamparita de la mesilla.

Nada más apagarla, se oyó un grito de asombro y de miedo a la vez. Omri volvió a encender la luz.

Ahora el indio lo miraba con algo parecido a respeto, con un aire de reverencia.

—¿Tú ser Espíritu? —susurró.

—No. Y esto tampoco es el sol. Es una lámpara. ¿Vosotros no tenéis lámparas?

El indio miró con curiosidad hacia donde Omri le señalaba.

—¿Ésa, lámpara? —preguntó incrédulo—. Mucho grande esa lámpara. Necesitar mucho aceite.

—No es una lámpara de aceite. Funciona con electricidad.

—¿Magia?

—No, electricidad. Pero, hablando de magia, ¿cómo has llegado tú hasta aquí?

El indio lo miró fijamente con sus grandes ojos negros.

—¿No saber tú?

—No, no lo sé. Al principio tú eras un juguete. Luego te guardé en el armario y cerré la puerta con llave. Cuando la abrí, ya estabas aquí y eras de carne y hueso. Después volví a encerrarte y te hiciste otra vez de plástico. Entonces…

Se calló. ¡Espera! ¿No sería que…? Omri se esforzaba en pensar lo más deprisa posible. En ese caso…

—Escucha —dijo nerviosísimo—. Quiero que salgas de ahí. Te encontraré un sitio más cómodo. Dijiste que tenías frío. Te haré un tipi en condiciones.

—¿Tipi? —gritó el indio—. Yo no vivir en tipi, ¡yo vivir en cabaña!

Omri tenía tantas ganas de comprobar si su teoría sobre el armarito era cierta que comenzó a impacientarse.

—Pues hoy tendrás que conformarte con un tipi porque no hay otra cosa.

Rápidamente, abrió un cajón de la mesilla y sacó de él una caja de galletas llena de figuritas de plástico. ¿Había visto allí un tipi de plástico…? ¡Sí, allí estaba! Era una pequeña tienda de color rosa, en forma de cono y decorada con unos dibujos bastante malos. ¿Serviría?

La colocó al lado del indio, que la miró con el mayor de los desprecios.

—¿*Esto* tipi? —dijo.

Tocó sus paredes de plástico e hizo una mueca. La empujó con las dos manos y la tienda resbaló a lo largo de la balda. Luego examinó su interior, introduciendo la cabeza por la abertura triangular. Finalmente, escupió en el suelo; mejor dicho, en la balda del armario.

—¿Qué pasa? ¿No te gusta? —preguntó desilusionado Omri.

—Yo no querer juguete —dijo el indio mientras se volvía de espaldas y, cruzando los brazos sobre el pecho, le daba a entender que su postura era definitiva.

Omri aprovechó la oportunidad. Con un rápido movimiento, cogió al indio por la cintura entre dos dedos y, de paso, con uno inmovilizó el cuchillo que colgaba de su cinturón. Suspendido en el vacío, el indio se retorcía, pataleaba y hacía mil muecas, a cada cual más horrible. Una vez que se supo totalmente indefenso, decidió adoptar una postura más digna y dejó de revolverse. Volvió a cruzar sus diminutos brazos sobre el pecho, echó la cabeza hacia atrás y miró desafiante a Omri, cuyo rostro se encontraba ahora a la altura del suyo.

Para Omri, tener aquel pequeño ser entre sus dedos era una sensación tan maravillosa como extraña. Si había tenido alguna duda sobre si su indio vivía o no, ésta había desaparecido por completo. Su cuerpo era más pesado, cálido y firme, y, bajo su dedo pulgar, Omri podía sentir cómo su corazón latía precipitadamente, igual que el de un pajarillo.

Aunque el indio se creía fuerte, Omri se dio cuenta de lo frágil que era, y de cómo cualquier presión involuntaria podría acabar con él. Le hubiera gustado acariciar sus brazos, sus piernas, su cabello y sus orejas, tan diminutas que resultaban casi invisibles. Pero cuando vio cómo el indio, aun sabiéndose atrapado entre sus manos, se sobreponía al miedo y le hacía frente, se le quitaron las ganas de andar acariciándolo. Se dio cuenta de que estaba siendo cruel y ofensivo, y de que el indio no era ya un simple juguete, sino un ser humano digno de todo respeto.

Lo depositó, con sumo cuidado, encima de la misma cómoda en la que estaba colocado el armarito. Y luego se agachó hasta que su cara estuvo de nuevo a la altura de la del indio.

—Perdóname por lo que he hecho.

El indio, respirando agitadamente y con los brazos todavía cruzados, guardó silencio y miró a Omri altivamente, como si nada de lo que él hiciera pudiera llegar a afectarle.

—¿Cómo te llamas? —preguntó Omri.

—¡Toro Pequeño! —contestó el indio señalándose a sí mismo con orgullo—. Guerrero iroqués. Hijo de Jefe. ¿Tú ser hijo de Jefe? —le preguntó a bocajarro.

—No —contestó Omri humildemente.

—¡Hmmm…! —Toro Pequeño soltó un bufido y lo miró con aires de superioridad—. ¿Nombre?

Omri se lo dijo.

—Ahora tenemos que encontrarte un sitio para que duermas fuera del armario. Estoy seguro de que más de una vez habrás dormido en un tipi.

—Jamás —respondió Toro Pequeño con firmeza.

—Nunca he oído de ningún indio que no lo hiciera —respondió con igual firmeza Omri—. De todas formas, esta noche tendrás que hacerlo.

—No aquí. Esta tienda no ser buena. Y fuego. Yo querer fuego.

—No podemos encender fuego en la habitación. Pero te haré un tipi. No será muy bueno, pero te prometo que tendrás otro mejor mañana.

Echó una ojeada a su alrededor. Menos mal que tenía la buena costumbre de no guardar nunca nada. Así, todo lo que necesitaba lo tenía siempre a mano, ya fuera tirado por el suelo, sobre la mesa o en alguna de las estanterías de la habitación.

Para empezar, recogió unos cuantos palitos y un poco de cuerda y los ató por un extremo, construyendo de esta forma el armazón de una especie de cono. Encima fijó un pañuelo, pero como esto no parecía lo bastante resistente, recurrió a un trozo de fieltro de un sombrero que encontró en el baúl de los disfraces. Se parecía bastante a la piel de un animal; más concretamente, a la piel del ciervo. La sujetó por detrás con un par de alfileres y dio un corte con las tijeras para hacer la entrada. Le había quedado realmente bien, incluso con las puntas de los palos sobresaliendo todas juntas por arriba.

Cuidadosamente, Omri lo depositó sobre la cómoda y esperó, ansioso, el veredicto de Toro Pequeño. El indio, muy despacio, dio tres o cuatro vueltas a su alrededor; después se puso a cuatro patas y se arrastró por su interior; salió al cabo de unos minutos, tiró del fieltro y, finalmente, lanzó un gruñido de evidente satisfacción. Sin embargo, no estaba dispuesto a aceptarlo sin poner algún reparo:

—No dibujos —refunfuñó—. Si ser tipi, necesitar dibujos.

—Yo no sé hacerlos —se excusó Omri

—Pero yo sí. Darme colores. Yo hacer.

—Mañana —contestó Omri, que, muy a su pesar, ya se sentía vencer por el sueño.

—¿Manta?

Omri le alcanzó uno de los sacos de dormir de su "Action Man".

—No buena. No proteger del viento.

Omri iba a decir que en su cuarto no hacía viento, pero pensó que acabarían antes cortando un trozo de alguno de sus jerseys viejos. Y eso fue lo que hizo. Era un jersey de color rojo y tenía una raya en la parte inferior. Ni el propio Toro Pequeño pudo evitar un gesto de satisfacción al ver su nueva manta. Se envolvió en ella y dijo:

—Buena. Calor. Yo dormir ahora.

Se arrodilló y entró en la tienda a gatas. Al cabo de un minuto, volvió a asomar la cabeza.

—Mañana hablar. Tú dar Toro Pequeño carne, fuego, pinturas, muchas cosas —y mirando fieramente a Omri añadió—: ¿Bien?

—Bien —asintió Omri.

Nunca, en toda su vida, a Omri le había parecido algo tan prometedor.

3. TREINTA CABELLERAS

A los pocos minutos, unos ronquidos enormes –bueno, no enormes, pero sí bastante sonoros para ser del indio– comenzaron a oírse dentro de la tienda. Omri, aunque estaba muerto de sueño, no quería echarse a dormir todavía. Tenía que hacer un experimento.

Hasta ahora, y por lo que él había podido averiguar, el armarito, o la llave, o los dos a la vez, hacían revivir las cosas de plástico, y si estaban vivas, las transformaban otra vez en plástico. Sin embargo, todavía quedaban algunas preguntas por contestar: ¿Sólo ocurriría con el plástico?, es decir, ¿podrían las figuritas de metal o de madera cobrar vida también si él las encerraba en el armario? ¿Cuánto tiempo tenían que estar allí antes de que la magia empezase a actuar? ¿Toda la noche? ¿Apenas unos segundos?

Y otra cosa: ¿qué pasaba con los demás objetos? Los vestidos del indio, su pluma, el cuchillo… ¡Todo se había vuelto real! Pero ¿era porque todo formaba parte de la misma figurita de plástico? Si metía, por ejemplo, el tipi en el armario y a continuación cerraba la puerta, ¿tendría mañana un tipi de verdad? Por el contrario, ¿qué le ocurriría a una cosa de verdad allí dentro?

Decidió hacer una doble prueba.

Puso la tienda de plástico en la balda del armario. A su lado colocó un cochecito de miniatura. Después cerró la puerta del armario, pero sin utilizar la llave. Contó lentamente hasta diez.

Después abrió la puerta.

No había ocurrido nada.

Cerró la puerta de nuevo, echando esta vez la llave de su bisabuela. Decidió esperar un poco más y, mientras esperaba, se tumbó en la cama. Comenzó a contar hasta diez muy despacio, pero no había llegado al cinco, cuando se quedó dormido.

Lo despertó al alba un aullido de Toro Pequeño.

El indio había salido de su tienda de fieltro y estaba de pie al borde de la mesa, con las manos alrededor de la boca formando una bocina. Parecía como si estuviera dando gritos desde la otra punta del Gran Cañón.

—¡El día llegar! ¿Por qué seguir durmiendo? ¡Ser tiempo de comer, de cazar, de luchar, de hacer pinturas!

Omri pegó un salto y gritó: "¡Espera!", y casi arranca de cuajo la puerta del armario.

Allí, sobre la balda, podía verse un pequeño tipi fabricado con piel de verdad. Los palos eran pequeñas ramas atadas con una tira de cuero. Y los dibujos, de brillantes colores, auténticamente indios.

El coche, sin embargo, seguía siendo de juguete, igual que siempre.

—¡Funciona! —suspiró Omri; luego contuvo el aliento—. ¡Toro Pequeño! —gritó—. ¡Funciona! ¡Puedo transformar cualquier cosa de plástico! Es magia de verdad, ¿entiendes? ¡Magia!

El indio, que tenía los brazos cruzados sobre el pecho, lo miró sin perder la calma y con una expresión que más bien venía a desaprobar tal estallido de alegría.

—¿Y qué…? Magia. Los espíritus hacer mucha magia. No necesitar despertar muertos con aullidos como coyote.

Omri hizo bien en contenerse. A él no le importaban lo más mínimo los muertos, pero debía tener cuidado si no quería despertar a sus padres. Tomó el nuevo tipi y lo puso al lado del que había fabricado la noche anterior.

—Aquí está la tienda buena que te prometí.

El indio la examinó cuidadosamente. Por fin dijo:
—No buena.

—¿Quééé…? Pero ¿por qué no?

—Ser buen tipi, pero no ser tipi de guerrero iroqués. ¿Ver? —y señaló las pinturas—. No ser pinturas iroquesas. Ser algonquín. Algonquín enemigo. Toro Pequeño no dormir ahí, porque espíritus iroqueses enfadarse.

—¡Ah, ya entiendo! —dijo Omri, desilusionado.

—Toro Pequeño gustar tipi de Omri. Sólo necesitar pintura. Hacer fuertes pinturas, iroqueses. Agradar espíritus de antepasados.

La desilusión de Omri se transformó en orgullo. ¡Al indio le gustaba su tipi!

—No está acabado —dijo—. Hoy lo llevaré al colegio y lo terminaré en clase de tecnología. Quitaré los alfileres y coseré los bordes. Luego, a la vuelta, te traeré unas pinturas y tú pintarás lo que quieras.

—Yo pintar. Pero necesitar cabaña. Tipi no bueno para iroqués.

—Sólo un rato…

Toro Pequeño dio un gruñido.

—Sí, pero poco rato. Ahora comer.

—¡Mmm…! Sí. ¿Qué te apetecería desayunar?

—Carne —contestó el indio inmediatamente.

—¿No querrías mejor un poco de pan y queso?

—Carne.

—O maíz, o huevos…

El indio se cruzó de brazos, decidido a no ceder un milímetro.

—¡Carne! —suspiró Omri—. Bueno, veré qué puedo hacer. Mientras tanto, será mejor que bajes al suelo.

—¿No estar en el suelo ahora?

—No. Estás muy por encima del suelo. Acércate al borde y mira, ¡pero no te caigas!

El indio no tenía pensado arriesgarse. Arrastrándose sobre el vientre en plan comando, se acercó al borde de la cómoda y echó un vistazo.

—Gran montaña —dijo al fin.

—Bueno… —Omri comprendió que no era nada fácil intentar explicárselo—. ¿Quieres bajar?

Toro Pequeño se puso de pie y miró a Omri

—¿No hacer daño?

—No. No es necesario que te coja siquiera. Tú mismo puedes subirte a mi mano.

Y diciendo esto, abrió la palma de la mano justo delante de Toro Pequeño, quien, después de dudarlo un momento, se subió a ella y, para mayor estabilidad, se sentó con las piernas cruzadas. Con toda delicadeza, Omri lo depositó en el suelo. Ágilmente, el indio saltó sobre la moqueta de color gris.

Inmediatamente lanzó una mirada de desconfianza a su alrededor. Se puso de rodillas, tocó la moqueta y después la olió.

—No suelo; esto ser manta.

—Toro Pequeño, mira hacia arriba.

El indio obedeció sin rechistar.

—¿Puedes ver el cielo o el sol?

El indio sacudió la cabeza desconcertado.

—Es que no estamos en el exterior. Estamos en una habitación, dentro de una casa. Una casa grande para personas de mi tamaño. Ni siquiera estás en América. Esto es Inglaterra.

La cara del indio se iluminó.

—Ingleses buenos. ¡Iroqueses combatir al lado de ingleses contra franceses!

—¿De verdad? —preguntó Omri que en ese momento echó de menos no haber leído un poco más—. ¿Tú también has luchado?

—¿Luchar? Toro Pequeño luchar como león de montaña. Arrancar muchas cabelleras

—¿Cabelleras? —Omri tragó saliva—. ¿Cuántas cabelleras?

Toro Pequeño levantó orgullosamente diez dedos. Después cerró los puños y los abrió de nuevo. Repitió esta misma operación tres veces.

—¡No puedo creer que mataras a tanta gente! —exclamó Omri, asustado.

—Toro Pequeño no mentir. Gran cazador. Gran guerrero. ¿Cómo demostrar ser hijo de Jefe si no poseer cabelleras?

—¿Cabelleras de hombres blancos? —se aventuró a preguntar Omri.

—Algunas. Francesas. No arrancar cabelleras inglesas. Ingleses amigos de iroqueses. Ayudarnos combatir enemigo algonquín.

Omri lo observó en silencio. De pronto, lo único que quería era salir corriendo.

—Iré a buscar algo…, algo de carne —dijo con voz ligeramente temblorosa.

Salió de la habitación cerrando la puerta tras de sí. Durante unos minutos permaneció completamente inmóvil, con la espalda apoyada contra la pared. Estaba sudando. ¡Aquello era bastante más de lo que él nunca se hubiera podido imaginar!

No era un simple juguete animado. Se trataba de un ser humano mágicamente transportado a través del tiempo. ¡Un tiempo que había existido doscientos años antes! Y también era un salvaje. Por primera vez, Omri se dio cuenta de que su idea de los indios, basada enteramente en las películas del Oeste, era un poco equivocada. Al fin y al cabo, aquéllos eran tan sólo actores desempeñando el papel de indios. Después de su trabajo, se quitarían la pintura de la cara y se irían a cenar a sus casas. Unas casas como la suya, y no un tipi. Hombres civilizados que aparentaban ser salvajes y crueles.

Pero Toro Pequeño no era un actor. Omri volvió a tragar saliva. ¡Treinta cabelleras…! ¡Puf! Claro que, entonces, las cosas eran un poco diferentes. Las tribus andaban haciéndose la guerra continuamente las unas a las otras; aunque, pensándolo bien, los ingleses y los franceses —¡a saber qué pintaban ellos luchando en América!— tampoco lo hacían mucho mejor matándose como energúmenos a la mínima oportunidad…

Más aún, ¿acaso hoy en día los soldados no estaban haciendo lo mismo? ¿No había también guerras y batallas y terrorismo por todas partes? Pocos días se podía encender la tele sin que apareciese alguna noticia sobre hombres que morían y hombres que mataban... Después de todo, ¿qué eran treinta cabelleras, incluidas las de los franceses, arrancadas doscientos años atrás?

Aun así, sólo de imaginarse a Toro Pequeño a tamaño natural, inclinado sobre algún francés, agarrando su cabellera con una mano y el cuchillo con la otra... ¡Fiuuu!

Omri se despegó de la pared y, con paso inseguro, bajó las escaleras. No era de extrañar que, desde un principio, hubiera tenido un poco de miedo a su indio. Haciendo un esfuerzo para digerir la situación, pensó si no sería mejor meter otra vez a Toro Pequeño en el armario, cerrar la puerta con llave y devolverlo a su forma de plástico, cuchillo incluido.

Una vez en la cocina, registró la despensa de arriba abajo en busca de alguna lata de carne. Por fin encontró una, de carne de vaca en escabeche, y la abrió, pinchó un trozo y se quedó allí un rato mientras masticaba tranquilamente.

El indio no parecía haberse sorprendido demasiado al saberse en una casa gigante de Inglaterra. Omri había advertido que era muy supersticioso, pues insistía en lo de la magia y los buenos y malos espíritus. A lo mejor creía que Omri era también una especie de genio. Lo raro es que no tuviese miedo, porque los genios, los gigantes, los Grandes Espíritus, o como se llamasen, solían tener grandes poderes y ser muy malvados. Aunque, por otra parte, el hijo de un Jefe no se iba a asustar tan fácilmente como la gente normal. Sobre todo si había arrancado treinta cabelleras....

Tal vez convendría hablar de Toro Pequeño con alguien.

El problema era que, aunque los adultos normalmente saben lo que tienen que hacer, raramente *hacen* lo que los niños quieren que hagan. ¿Qué pasaría si a Omri se le ocurriera, por ejemplo, llevar al indio a un laboratorio, o a cualquier otro sitio de esos raros donde hacen preguntas y revisiones y, casi con toda seguridad, terminan encerrando a uno en una jaula? Seguro que querrían llevarse también el armario, y entonces Omri ya nunca más volvería a verlo.

La cabeza de Omri era un hervidero de nuevas ideas. Podía transformar también arcos, flechas y caballos, y quizá alguna otra figurita –bueno, eso no, porque era muy arriesgado y podía terminar mal. ¡A lo peor hasta les daba por pelear!–. De lo que sí estaba seguro era de que no iba a contar a nadie su secreto; todavía no. Aparte de que, en el fondo, le traía completamente sin cuidado cuántas cabelleras francesas había arrancado su indio.

Una vez tomada esta determinación, al menos por el momento, Omri se dispuso a subir de nuevo a su habitación. Fue entonces cuando se percató de que, sin darse cuenta, se había comido casi toda la lata de carne. Apenas quedaba un trozo en el fondo. Omri confiaba en que sería suficiente.

A primera vista, no se veía a Toro Pequeño por ninguna parte. Omri lo llamó en voz baja y el indio salió corriendo de debajo de la cama, agitando los brazos a modo de saludo.

—¿Traer carne?

Omri colocó el trozo de carne en el platito que había preparado la noche anterior y se lo puso delante. El indio agarró el trozo con las dos manos y comenzó a morder como un descosido.

—¡Muy bueno! ¿Tu mujer cocinar esto?

—Yo no tengo mujer —dijo Omri riéndose.

El indio lo miró extrañado.

—¿Omri no tener mujer? Entonces, ¿quién cultivar tierra, moler trigo, cocinar, hacer vestidos y afilar las flechas?

—Mi madre —contestó Omri sin poder evitar una pequeña risa ante la sola idea de ver a su madre afilando flechas—. Y tú, qué, ¿tienes mujer?

El indio desvió la mirada.

—No —contestó al cabo de unos instantes.

—¿Por qué no?

—Morir —respondió Toro Pequeño sin dar más explicaciones.

—Lo… lo siento.

El indio terminó de comer en silencio, se incorporó y se limpió sus manos manchadas de grasa en el pelo.

—Ahora hacer magia. Hacer cosas para Toro Pequeño.

—¿Qué quieres que…?

Toro Pequeño no le dejó terminar

—Pistola. Querer pistola como hombre blanco. Como soldado inglés.

El cerebro de Omri funcionaba a cinco mil revoluciones por minuto. Si un cuchillo pequeño podía cortar, una pistola pequeña podía disparar. Tal vez no hiciera mucho daño, o tal vez sí.

—No; una pistola no. Pero puedo hacerte un arco y unas flechas. O mejor, te compraré unos de plástico. ¿Qué más? ¿Quieres un caballo?

—¿Un caballo? —repitió asombrado el indio.

—¿Es que no sabes montar? Yo creía que todos los indios ibais a caballo.

Toro Pequeño sacudió la cabeza.

—Ingleses montar. Indios ir a pie.

—Pero ¿no te gustaría montar a caballo como los soldados ingleses?

Toro Pequeño permaneció en silencio un momento, reflexionando. Por fin dijo:

—Quizá sí. Bueno. Enseñar caballo. Luego yo decidir.

—De acuerdo.

Omri volvió a rebuscar en su caja de galletas. Allí había unos cuantos caballos. Caballos grandes para los caballeros medievales con armadura. Caballos de tiro más pequeños, utilizados para acarrear los cañones en las guerras napoleónicas. También había algunos –quizá los mejores– del arma de caballería. Omri cogió unos cuantos, de diferentes tamaños y colores, y los colocó delante de Toro Pequeño, quien los observó con verdadero interés.

—Yo querer —dijo ansioso.

—¿Todos?

El indio asintió con la cabeza.

—No, todos no. Son demasiados. No puedo tener una manada entera de caballos corriendo por mi habitación. Tienes que escoger uno.

—¿Uno sólo? —repitió, mohíno, Toro Pequeño.

—Uno sólo.

Entonces Toro Pequeño examinó cuidadosamente cada caballo: tanteaba sus patas, su grupa, miraba y remiraba su cara… Por fin se decidió por uno pequeño y castaño de patas blancas y que –según creía recordar Omri– había pertenecido a un árabe que, al frente de un pelotón de Legionarios Franceses, blandía su enorme sable.

—Como caballo inglés —gruñó Toro Pequeño.

—Y tiene una montura y una brida que también se volverán de verdad —añadió Omri disfrutando por anticipado de su plan.

—Toro Pequeño no querer. Montar con cuerda, a pelo. No como soldados blancos —matizó con desprecio; después lanzó un escupitajo al tiempo que preguntaba—: ¿Cuándo?

—No sé todavía cuánto me llevará esto, pero podemos empezar ahora mismo.

Omri cogió el armarito y lo depositó en el suelo; metió el caballo dentro y cerró con llave. Casi inmediatamente, pudieron oír el ruido que hacían unos pequeños cascos al golpear en el metal. Se miraron el uno al otro, felices.

—¡Abre! ¡Abre enseguida! —ordenó Toro Pequeño, impaciente.

Omri no perdió un segundo. Allí, sobre el suelo de metal blanco del armario, relinchando y haciendo cabriolas, aparecía un precioso poni árabe de piel brillante. Cuando el animal vio abrirse la puerta, resopló nervioso y alzó sus orejas con tal ímpetu que casi se las echa encima de los ojos. El hocico le brillaba, y agitaba nervioso su negra cola lanzando coces a un lado y otro, con unos relinchos cada vez más fuertes.

Toro Pequeño daba gritos de júbilo.

Sin perder un instante, saltó dentro del armario. El pequeño caballo retrocedió asustado, levantando las patas delanteras, y el indio se metió entre sus cascos para coger las bridas. El poni trataba de soltarse, pero Toro Pequeño se lo impidió sujetándolo con las dos manos. Aunque el caballo no dejaba de brincar y se ponía de manos, el indio se las arregló para agarrarse a la silla y subir a él. Conseguido esto, se sujetó a la grupa apretando fuertemente las rodillas.

El poni entonces retrocedió bruscamente y, con una violencia inusitada, se lanzó hacia delante, la cabeza gacha y las patas levantadas. Para desesperación de Omri, Toro Pequeño no pudo aguantar el tirón y salió despedido por el aire. Fue a aterrizar en la moqueta, justo al borde del armario.

Omri pensó que se habría roto el cuello, pero el indio, después de realizar aquel triple salto mortal, se levantó tan campante.

Su cara brillaba de felicidad.

—¡Caballo loco! —gritó alborozado.

Mientras, el caballo loco, con las riendas sueltas y sin apartar sus fieros ojos del indio, parecía haberse tranquilizado un poco.

Esta vez Toro Pequeño decidió no hacer ningún movimiento brusco. Se quedó muy quieto mirando al caballo durante un buen rato. Luego, tan lentamente que apenas podía uno darse cuenta, se dirigió hacia él emitiendo un extraño sonido, como haciendo chasquidos con la lengua. Aquel sonido pareció hipnotizar al poni. Paso a paso, avanzó despacio, muy despacio, hasta que por fin logró situarse, nariz con nariz, frente al caballo. Después, muy tranquilo, Toro Pequeño levantó su mano y acarició el cuello del animal.

Eso fue todo. Ni siquiera tocó las riendas. El poni podía haber escapado de un brinco, pero no lo hizo. Todo lo contrario: acercó un poco más el hocico, como para acompasar su respiración con la del indio. Éste, entonces, dijo en voz baja, como hablando para sí mismo:

—Ahora caballo ser mío. Caballo loco mío.

Todavía despacio, aunque no tan despacio como antes, lo tomó de las riendas y se dispuso a quitarle la silla. Tras pasar sus apuros con las correas y las hebillas, consiguió soltarla por fin y la depositó en el suelo. El poni relinchó y sacudió la cabeza, pero no se movió de allí. Silbando suavemente, el indio se apoyó entonces con todo su cuerpo sobre el costado del caballo y, levantándose en el aire con la sola fuerza de sus brazos, consiguió montarlo. A continuación dejó caer las riendas y apretó las rodillas. El poni dio unos pasos tan sumiso como un cordero, y los dos estuvieron paseándose un rato por el interior del armario como si fuera la pista de un circo.

De repente, Toro Pequeño volvió a coger las riendas y tiró de ellas hacia un lado, obligando al poni a torcer la cabeza. Al mismo tiempo, azuzaba al animal golpeándole los costados con las piernas. El poni giró obediente y se dirigió hacia el reborde del armario.

Aquel reborde, de unos dos centímetros de alto, llegaba al pecho del caballo, aproximadamente a la misma altura que un obstáculo de cinco barras para un caballo normal. Como la distancia desde el fondo del armario no permitía tomar la carrera necesaria para efectuar el salto de frente, Toro Pequeño le hizo correr en diagonal, en un ángulo muy complicado, hasta llegar justo al reborde, que el poni superó limpiamente con un salto perfecto.

Omri se dio cuenta enseguida de que la moqueta era demasiado blanda para el caballo: sus patas se hundían en ella como si fuera de arena.

—Necesitar suelo. No manta —dijo gravemente Toro Pequeño—. Manta no buena para montar.

Omri miró el reloj. Eran sólo las seis de la mañana; aún quedaba una hora antes de que nadie se levantara.

—Podríamos salir —propuso Omri, no muy seguro de lo que estaba diciendo.

—¡Bien! —aceptó de inmediato Toro Pequeño—. Pero no tocar poni. Mucho miedo si tú tocar.

Rápidamente, Omri echó mano de una cajita que hacía tiempo había servido de garaje para uno de sus coches. La caja tenía incluso una pequeña ventana a través de la cual podía verse su interior. Omri la puso, abierta, en el suelo.

Dirigiendo el caballo hacia la caja, Toro Pequeño entró en ella y Omri la cerró con mucho cuidado. Con más cuidado aún, la levantó del suelo, bajó las escaleras descalzo y salió al jardín por la puerta de atrás.

Era una agradable y fresca mañana de verano. Desde lo alto de los escalones, Omri trató de encontrar el lugar más adecuado. El césped no estaba en su mejor momento: la hierba, sin cortar, sobrepasaba la cabeza del indio. El suelo de la terraza tampoco parecía muy apropiado con aquellos ladrillos tan desiguales y sus abundantes grietas. El sendero, sin embargo, era de tierra batida con piedrecitas, muy bueno para cabalgar si tenían cuidado de no caerse. Omri se acercó al sendero y colocó la caja en el suelo.

Dudó unos instantes. ¿Intentaría escapar el indio? ¿A qué velocidad podría correr un poni tan pequeño?

¿A la misma velocidad que, por ejemplo, un ratón? Porque si así fuera, y quisiesen escapar, Omri no sería capaz de darles alcance. Pero un gato, sí. Omri se arrodilló en el sendero y acercó su cara a la ventanita de celofán. El indio estaba allí dentro, de pie, sujetando al poni por la cabeza.

—Toro Pequeño —le dijo—, ya estamos fuera. Voy a dejarte salir. Pero recuerda: esto no es la pradera. Aquí hay leones tan grandes que podrían tragaros a ti y al poni de un solo bocado. No intentéis escapar porque no podríais sobrevivir. ¿Entendido?

Toro Pequeño asintió con la cabeza. Entonces Omri abrió la caja y el indio y su poni salieron a la luz del sol.

4. EL MUNDO EXTERIOR

Ambos, hombre y caballo, parecían olfatear el aire para comprobar, a un mismo tiempo, su frescura y la posible existencia de algún peligro. El poni aún andaba husmeando, cuando Toro Pequeño saltó de improviso a su grupa.

El poni, asustado, retrocedió un poco, pero esta vez Toro Pequeño se agarró bien a sus crines. Las patas del animal apenas habían tocado el suelo, y ya se había lanzado al galope. Omri se levantó y salió tras ellos.

La velocidad del poni era extraordinaria, pero Omri comprobó que, corriendo por el césped al lado del sendero, podía seguirlos fácilmente. La tierra estaba reseca y, a su paso, levantaban una curiosa nube de polvo, con lo que a Omri le era fácil imaginar que galopaban a través de algún territorio virgen y salvaje...

También pudo comprobar que cada vez le resultaba más fácil ver las cosas desde el punto de vista del indio. Las piedrecitas del camino se transformaron, así, en grandes pedruscos, que era necesario esquivar; las hierbas se convertían en árboles, y el bordillo del césped, en un escarpado peñasco dos veces mayor que el tamaño de un hombre...

Por lo que se refería a los seres vivos, una hormiga que se cruzó en el camino espantó de muy mala manera al pobre poni, y la sombra de un pájaro volando sobre su cabeza le obligó a detenerse en seco, a caracolear y encogerse de miedo, como hubiera hecho cualquier poni de tamaño real ante la presencia de una enorme ave de presa. Una vez más, Omri tenía que admirar el valor de Toro Pequeño al enfrentarse a tantos obstáculos y temores.

Pero su valor no era el valor de un inconsciente. Toro Pequeño se daba perfecta cuenta del peligro que corría. Cuando finalizó la galopada, obligó al poni a dar la vuelta y a regresar trotando hasta Omri, que hubo de agacharse para oír lo que le decía:

—Peligro. Gran peligro. Necesitar arco y flechas y maza. Rifle quizás, ¿no? —añadió suplicante.

Omri negó con la cabeza.

—Bien, entonces sólo armas indias.

—De acuerdo —asintió Omri—. Sinceramente, creo que las necesitas, así que hoy mismo te las proporcionaré. Entretanto, será mejor que vuelvas a casa.

—No volver sitio cerrado. Quedarme aquí. Tú quedarte también. Echar fuera animales salvajes.

—No puedo. Tengo que ir al colegio.

—¿Colegio?

—Un sitio donde se aprenden cosas.

—¡Ah! Aprender bueno —respondió Toro Pequeño, ya más conforme—. ¿Tú aprender ley de tribu, respeto antepasados, clases de espíritus…?

—Pues… algo parecido.

A Toro Pequeño no le apetecía nada volver a casa, pero, consciente de que él solo no podría enfrentarse a todos los peligros del mundo exterior, se resignó y emprendió al galope el camino de regreso, con Omri corriendo a su lado. Al llegar a la caja, desmontó y se metió dentro.

Apenas había comenzado Omri a subir los escalones de la entrada, cuando, de repente, apareció su padre en la puerta.

—¡Omri! ¿Se puede saber qué haces aquí fuera en pijama y descalzo? ¿Te has vuelto loco?

Asustado, apretó contra sí la caja con tanta fuerza que la sintió doblarse. Rápidamente aflojó la presión. Omri se dio cuenta de que había roto a sudar.

—Nada. Es que… no podía dormir. Necesitaba un poco de aire fresco.

—Por lo menos podías haberte puesto las zapatillas…

—Lo siento, no me di cuenta.

—Bueno, venga, sube a vestirte.

Omri subió corriendo las escaleras y, al llegar a su habitación, casi sin aliento, se arrodilló para depositar la cajita en el suelo.

El poni salió corriendo y fue a refugiarse, tembloroso, debajo de la mesa. La vuelta a casa había resultado un poco accidentada. Omri, de pronto, tuvo un presentimiento y se inclinó aún más para mirar en el interior de la caja. Allí, en un rincón, estaba Toro Pequeño sujetándose una pierna que sangraba bajo las calzas de ante.

—Caja saltar. Poni asustarse. Cocear a Toro Pequeño —explicó el indio, que, aunque tranquilo, no podía evitar un gesto de dolor.

—¡Oh, lo siento! —exclamó Omri—. ¿Serás capaz de salir? Veré lo que puedo hacer.

Toro Pequeño se levantó y salió por su propio pie de la caja. Ni siquiera se le notaba cojear.

—Quítate las calzas —dijo Omri— y déjame ver la herida.

El indio obedeció y se bajó los pantalones.

Los cascos del poni le habían lastimado seriamente la pierna. De la herida manaba abundante sangre, que ahora goteaba sobre la alfombra. Omri no sabía qué hacer, pero Toro Pequeño sí.

—Agua —ordenó—. Vendas.

A pesar de estar completamente asustado, Omri hizo un esfuerzo por ordenar sus pensamientos. En la mesilla de noche había un vaso con agua, pero aquella agua no serviría para lavar una herida, pues no estaba demasiado limpia. Recordó entonces que su madre guardaba agua oxigenada en el armario de las medicinas. Cuando él o alguno de sus hermanos se hacía una herida, ella echaba unas gotas en agua templada y eso la desinfectaba.

Omri fue corriendo al cuarto de baño y, con manos temblorosas, hizo lo que tantas veces había visto hacer a su madre. Cogió también un poco de algodón, pero no tenía ni idea de lo que podría utilizar como venda. Regresó a su habitación y echó un poco del agua que había preparado en una de las jarras del "Action Man". El indio cogió un pedacito de algodón, casi invisible, y lo empapó en el líquido antes de aplicárselo a la herida.

Abrió unos ojos como platos, pero no se quejó.

—Esto no ser agua. Ser fuego.

—Es mejor que agua.

—Ahora atar —ordenó—. Detener sangre.

Omri miró a su alrededor desesperado. ¿Dónde iba a encontrar él una venda lo suficientemente pequeña para una herida así? De pronto, sus ojos se iluminaron. Allí, en la caja de galletas, justo encima, estaba un soldado de la Primera Guerra Mundial con el brazalete de la Cruz Roja y el maletín de primeros auxilios. Omri se preguntó qué podía llevar dentro.

Sin pensárselo dos veces, cogió la figurita y la metió en el armario, cerró la puerta y echó la llave.

Un minuto después, se oyó una voz que, en inglés, decía:

—¡Caramba! Pero ¿dónde estoy? Vamos, chicos, no me gasten bromas; no vayan a dejarme solo ahora en medio de esta oscuridad…

5. TOMMY

Omri creyó que iba a desmayarse. ¡Sería idiota! ¡Haber metido al soldado y a su maletín juntos! Aunque pensándoselo bien, tal vez no había sido tan idiota, porque ¿qué necesitaba aparte de una venda para el indio? Pues necesitaba, lógicamente, a alguien de su tamaño para que se la pusiera. Y, o mucho se equivocaba, o eso era lo que había dentro del armario mágico.

Abrió la puerta.

Sí, allí estaba, con sus mejillas sonrosadas y el pelo revuelto bajo el casco, con el uniforme arrugado, todo manchado de sangre y barro, enfadado, nervioso, asustado…

El soldado se frotó los ojos con la mano libre.

—¡Gracias, aunque sólo sea una ráfaga de luz! —exclamó—. Pero ¿qué demonios es esto?

Había abierto los ojos y se había encontrado con Omri.

Omri, por su parte, pudo ver cómo el soldado se volvía completamente pálido, y cómo sus rodillas, temblorosas, se negaban a sostenerlo. Murmuró algo en voz baja, mitad maldiciones, mitad palabras sin sentido. Luego dejó caer el maletín y se tapó la cara. Omri se apresuró a tranquilizarlo.

—Por favor, no tengas miedo. No pasa nada. Yo… —y entonces se le ocurrió una idea genial—. Yo sólo soy un sueño que estás soñando. No te haré ningún daño. Sólo quiero que hagas algo por mí. Después despertarás.

—Conque un sueño, ¿eh? Se me tenía que haber ocurrido. Claro, claro… ¿Y qué iba a ser si no? Por si esta maldita guerra ya fuera poca pesadilla, ahora resulta que encima voy a tener que ver gigantes… —echó una ojeada a la habitación y continuó—. En fin, después de todo, no deja de ser un cambio para mejor. Por lo menos aquí se está más tranquilo.

—Por favor, ¿querrías coger tu maletín y venir conmigo? Necesito tu ayuda.

El soldado esbozó una débil sonrisa y, levantando la gorra a modo de saludo, contestó:

—Por supuesto; enseguida estoy con usted.

Y cogiendo el maletín, saltó afuera, salvando el reborde del armario.

—Sube a mi mano —le indicó Omri.

El soldado no lo dudó un instante. Con el brazo libre agarró el dedo meñique de Omri y saltó hacia arriba.

—¡Menuda juerga me estoy corriendo! —comentó—. ¡Anda que cuando se lo cuente mañana a mis colegas de las trincheras!

Omri lo llevó hasta el lugar en el que Toro Pequeño aguardaba sentado y sujetándose la pierna herida, que aún le sangraba.

El soldado saltó al suelo y allí se quedó, de rodillas, esperando la orden de Omri.

—¡Diantre! ¡Que me cuelguen si lo entiendo…! —masculló—. Un indio. Y además herido. Debo de estar borracho, pero bueno, después de todo, éste es mi trabajo. Habrá que vendarle, ¿no?

—Sí, por favor —rogó Omri.

Sin más comentarios, el soldado depositó su maletín en el suelo y lo abrió, dejando al descubierto su casi microscópico contenido. Omri se inclinó: lo que ahora realmente necesitaba era una lupa para ver lo que había dentro del maletín. Decidió ir a buscarla a la habitación de Gillon (Gillon siempre dormía hasta muy tarde, y además todavía no eran las siete) para cogerle la suya.

Cuando regresó a su cuarto, el soldado, arrodillado a los pies del indio, le estaba aplicando un torniquete en el muslo. Omri, con la ayuda de la lupa, pudo ver lo que contenía el maletín. Había de todo: frascas, cajas de pastillas, tubos de crema, varios instrumentos de acero, incluso una jeringuilla hipodérmica y todos los paquetes de vendas que uno pudiera desear.

Omri se aventuró entonces a mirar la herida. Sí, era bastante profunda: el poni le había dado una buena patada.

Por cierto, ¿dónde estaba el poni?

Miró asustado a su alrededor, pero enseguida lo vio. El pobre animal estaba intentando comerse la moqueta. "Tengo que traer algo de hierba", pensó Omri mientras le ofrecía un poco de pan duro, que el poni masticó agradecido. Y le dejó también un poco de agua en un cacillo de hojalata.

Le extrañó que el poni no pareciera tenerle miedo. "A lo mejor", pensó Omri, "es que no ve".

—Creo que esto ya está —dijo entonces el soldado levantándose.

Omri miró con su lupa la pierna del indio y pudo ver que había sido hábilmente vendada. Hasta Toro Pequeño parecía complacido con el resultado.

—Muchas gracias —dijo Omri, y añadió—: Me pregunto si te gustaría despertar ahora.

—¡Hombre! No estaría mal, supongo. Aunque "eso otro" tampoco es para echarlo de menos: ratas, barro, las bombas de los alemanes... En fin, tenemos que ganar la guerra, ¿verdad? Uno no puede desertar ni siquiera en sueños, por lo menos mientras existan el deber y todas esas cosas, ¿no crees?

Omri lo levantó con cuidado y lo llevó al armario.

—¡Hasta pronto! —dijo—. A lo mejor dentro de algún tiempo puedes volver a soñarme.

—¡Será un placer! —contestó alegremente el soldado—. Tommy Atkins, para servirle. Cualquier noche menos las de combate. Esas noches ninguno de nosotros puede pegar ojo.

Y se cuadró en posición de saludo.

Con mucha pena, Omri cerró la puerta y echó la llave. Le hubiera gustado quedarse con él, pero ahora resultaba demasiado complicado. Además, podía recurrir a él siempre que lo necesitara. Al cabo de un minuto, volvió a abrir la puerta. Y allí estaba tal y como lo había dejado, con su maletín en la mano, despidiéndose. Sólo que ahora era otra vez de plástico.

Toro Pequeño estaba intentando ponerse las calzas manchadas de sangre.

—Magia buena —observó—. Pierna mejor.

—Toro Pequeño, ¿qué vas a hacer durante todo el día mientras yo estoy en el cole?

—Traer corteza de árbol. Toro Pequeño hacer cabaña.

—¿Cabaña?

—Casa iroquesa. Necesitar tierra, clavar palos dentro tierra.

—¿Palos? ¿Tierra?

—Sí. Tierra, palos, corteza. No olvidar alimentos, armas, herramientas, cazuelas, agua, fuego…

Aquel día no hubo peleas a la hora del desayuno. Omri se tomó el suyo en un periquete y salió corriendo. En la caseta de las herramientas encontró una bandeja con tierra, de las que utilizaba su padre para plantar las semillas. Una buena tierra, compacta y apretada. La llevó a su habitación cuidando de que nadie lo viera y la escondió detrás del baúl de los disfraces, un lugar que –Omri estaba seguro– su madre no descubriría ni aunque hiciera limpieza general. Luego cogió su navaja y salió.

Afortunadamente, uno de los árboles del jardín tenía bastante corteza, de esas escamosas y de color plateado, muy fácil de despegar. Cortó una tira bien grande y luego otra, por si acaso. Y también se acordó de coger algo de hierba para el poni. Por último, reunió unas cuantas ramas pequeñas y las peló completamente. De vuelta a su cuarto, depositó todos aquellos tesoros a los pies del indio, que seguía sentado con las piernas cruzadas al lado de su tipi. Al parecer, estaba concentrado, rezando.

De pronto se oyó la voz de su madre.

—¡Omri, que se hace tarde!

Omri sacó de su bolsillo un trozo de la tostada del desayuno y fue a buscar el último resto de carne que había en la lata. Quedaba también un poco de maíz, aunque, la verdad, bastante duro ya. Llenó el cacillo de agua y dio un poco al poni, que estaba comiendo su ración de hierba y parecía encantado de la vida. Omri observó que las bridas habían sido sustituidas por un ronzal hecho con un trozo de hilo.

—¡Omri!

—¡Ya voy!

—Los demás ya se han marchado. ¡Date prisa o llegarás tarde!

¡Todavía faltaba algo! Toro Pequeño no podría construir su cabaña sólo con un cuchillo. Necesitaría también un hacha. A toda prisa, se puso a buscarla en la caja de galletas. ¡Sí, allí estaba! Un caballero medieval empuñando su hacha de guerra. No era exactamente lo que buscaba, pero siempre sería mejor eso que nada. Un segundo más tarde, el caballero y su hacha estaban en el armario.

—¡Omri!

—¡Un minuto!

—¿Se puede saber qué estás haciendo?

¡Cras! Alguien había pegado un hachazo en el interior del armario. Sin perder un instante, Omri abrió la puerta y arrebató el hacha de las temblorosas manos del caballero, que apenas tuvo tiempo de echar una ojeada a su alrededor antes de quedar convertido de nuevo en plástico. ¡No importaba! A Omri le resultaban muy antipáticos todos aquellos cruzados que habían ido a Palestina a matar a los pobres sarracenos.

Pero el hacha era preciosa. De brillante acero, con un filo increíble por ambos lados y un mango largo y pesado. Omri la colocó al lado del indio.

—Toro Pequeño…

Pero Toro Pequeño había caído en trance, seguramente comunicándose con sus antepasados. Daba lo mismo. Cuando volviera en sí, encontraría todo lo que necesitaba; no tenía más que seguir el reguero de tierra que había ido cayendo de la bandeja hasta detrás del baúl. Omri bajó corriendo las escaleras, cogió su anorak y el dinero del bocadillo y salió disparado.

6. EL JEFE HA MUERTO. VIVA EL JEFE

Llegó enseguida al cole, aunque su buena carrera le costó. Lo primero que hizo fue subir a la biblioteca de los mayores a buscar un buen libro, ya que el que había en la suya sobre tribus indias era más bien de pasatiempo: él necesitaba un libro mucho más serio y riguroso. Pronto encontró uno en la sección "Pueblos del Mundo": un libro titulado *Tras la Senda de los iroqueses*.

No podía llevárselo porque no había nadie en aquel momento para cubrir la ficha. Así que se sentó en un banco dispuesto a echarle un vistazo.

Omri nunca había sido lo que se dice un gran lector. No podía comenzar a leer un libro sin, de alguna manera, saber antes de qué iba. Aunque, ¿cómo iba a saber de qué iban los libros si antes no los leía?, le reprochaba siempre la profesora.

Y aquel libro, *Tras la Senda de los iroqueses*, no era precisamente un cómic. Letra pequeña, poquísimas ilustraciones y casi trescientas páginas… "Enterarse de qué iba" no era, desde luego, nada fácil, así que Omri se limitó a hojearlo.

Enseguida encontró dos o tres cosas bastante interesantes. Por ejemplo, que los iroqueses, son también conocidos como "Las Cinco Naciones". Una de esas cinco era la de los mohawkas, una tribu que a Omri le sonaba. Efectivamente, vivían en cabañas, no en tiendas, y su alimentos básicos eran el maíz, la calabaza y las judías. Estos tres vegetales, por alguna razón, recibían el nombre de "Tres Hermanas".

Había muchas referencias a los algonquines, los enemigos naturales de los iroqueses, y Omri pudo comprobar que, en efecto, allá por el siglo XVIII, los iroqueses habían luchado al lado de los ingleses, mientras que los algonquines lo habían hecho con los franceses. Y en ambos bandos se habían cortado cabelleras.

Al llegar a este punto, Omri empezó a interesarse mucho más. El libro –quizá demasiado riguroso a la hora de explicar las cosas– estaba intentando decirle *por qué* los indios tenían la manía de arrancar cabelleras. Omri siempre había creído que se trataba de una antiquísima costumbre india, pero el libro decía que no, que de ninguna manera, por lo menos hasta que el hombre blanco hizo su aparición en aquellas tierras. Había sido el hombre blanco el que había acostumbrado a iroqueses y algonquines a robarse las cabelleras mutuamente, así como las de los ingleses o franceses, según el caso, ofreciéndoles dinero, licor y armas a cambio… Hasta tal punto se encontraba sumergido en aquel mundo que no oyó el timbre. Alguien tuvo que avisarle para que no llegara tarde a clase.

La mañana se le hizo eterna. Hasta tres veces seguidas hubieron de llamarle la atención para que hiciera caso de la lección. Por fin, Patrick, que ya no podía aguantarse más, le cuchicheó al oído:

—Pero ¿qué pasa, tío? ¡Hoy andas más sopa que de costumbre…!

—Estoy pensando en tu indio.

—Oye, creo que te estás pasando con el dichoso indio. No tiene nada de extraordinario. En "Yapp", por veinte duros, los encuentras a docenas ("Yapp" era el quiosco y tienda de juguetes del barrio).

—Ya lo sé, ¡y también todo su equipo! Por cierto, tengo que ir a comprar algunas cosas en el recreo. ¿Vienes conmigo?

—Ya sabes que no nos dejan salir del patio si no es por una emergencia.

—Es igual; tengo que comprar esas cosas.

—Ya las comprarás al salir de clase.

—No; después de clase tengo que ir a casa.

—¿Cómo...? ¿No te quedas a jugar con el monopatín?

—¡*Omri y Patrick!* ¿Queréis callaros?

Se callaron.

Por fin llegó la hora del recreo.

—Me voy, ¿me acompañas?

—No, que después hay lío.

—Bueno, ¡pues qué le vamos a hacer!

—Eres idiota.

Idiota o no, Omri atravesó corriendo el campo de deportes hasta llegar a la cerca (la puerta principal estaba cerrada para que los más pequeños no salieran a la carretera). Por un agujero, se coló hasta la calle y en unos minutos había llegado a "Yapp".

Tenían un buen surtido de figuritas; una caja entera llena de indios y vaqueros. Omri rebuscó entre todas ellas hasta que por fin encontró lo que quería: un Jefe con su manto y un hermoso penacho de plumas. Llevaba también un arco y un carcaj a la espalda lleno de flechas. Omri lo compró con parte del dinero de su bocadillo y volvió corriendo al colegio antes de que lo echaran en falta.

Enseñó su Jefe a Patrick.

—¿Para qué quieres otro indio?

—Para nada; es sólo por el arco y las flechas.

Ahora Patrick lo miró como si se hubiera vuelto realmente loco.

Por la tarde, afortunadamente, tenían dos horas de Tecnología.

Omri había olvidado el tipi en casa, pero en el aula había recortes de fieltro, palitos, aguja e hilo. Coser nunca le había gustado mucho, pero en esta ocasión se tiró media hora dándole a la aguja sin pestañear. Trataba de que su tienda tuviera el aspecto parcheado que tenían los tipis de verdad, construidos con distintos trozos de cuero. Y también encontró una manera de fijar los palos para que no se doblaran cada vez que se movían.

—¡Muy bien, Omri! —lo felicitó un par de veces su profesora—. ¡Qué paciencia! ¡No me lo puedo creer!

A Omri, como a todos, le encantaban las felicitaciones, pero esta vez no hizo ni caso de lo concentrado que estaba.

Al cabo de un rato se dio cuenta de que tenía a Patrick detrás de él, mirando atentamente por encima de su hombro y resoplando muy fuerte por las narices para llamar su atención.

—¿Es para mi indio?

—Para *el mío*, querrás decir.

—¿Por qué la haces con parches?

—Porque las de verdad son así.

—Las de verdad tienen dibujos.

—Y ésta también los tendrá. Él pintará auténticos dibujos iroqueses.

—¿Quién dices que los va a pintar?

—Toro Pequeño. Así es como se llama.

—¿Y por qué no le has puesto Nariz Mocosa? —rió Patrick.

Omri lo miró como si no entendiera lo que acababa de oír.

—Porque su nombre es Toro Pequeño; por eso.

Patrick dejó de reír y frunció el ceño.

—¡Ojalá te olvidaras de una vez de todo este asunto! —exclamó Patrick, un tanto malhumorado—. No haces más que hablar de él como si fuera un indio de verdad.

Omri lo miró de nuevo, extrañado, y luego volvió a su tarea. Cada par de palos llevaba otro par dentro pegado con cola. Era bastante complicado. Al cabo de unos minutos Patrick preguntó:

—¿Puedo ir *hoy* a tu casa?

—No; lo siento.

—¿Por qué no?

—Tenemos invitados —murmuró Omri.

Mentir no se le daba demasiado bien. Patrick enseguida se dio cuenta y se enfadó.

—¡De acuerdo! ¡De acuerdo! Tú sigue con eso…

Y se largó con paso airado.

Aquella tarde, al salir de clase, Omri invirtió diez minutos escasos en llegar a casa, un camino que normalmente le llevaba una hora. Llegó sin aliento y su madre, sorprendida, bromeó:

—¿Has venido en cohete o es que te han expulsado?

Por toda respuesta, Omri pidió que le permitiera tomar el té en su habitación.

—¿Qué has estado haciendo allá arriba? Tienes la habitación hecha un asco: hierba, trocitos de corteza, mil cosas por el suelo... ¿Y de dónde has sacado esa tienda india tan bonita? Parece hecha con piel de verdad.

Omri se quedó de piedra.

—Yo...

No pudo continuar. Una cosa era mentir a Patrick y otra muy distinta mentir a su madre. Algo que nunca haría, a no ser en caso de extrema necesidad. Por fortuna, justo en aquel instante sonó el teléfono, y Omri pudo librarse al menos por el momento. Desapareció como un rayo escaleras arriba.

La verdad es que su madre tenía razón. Su habitación estaba hecha una pena, aunque, mirándola bien, no mucho peor que otros días. A primera vista no pudo localizar a Toro Pequeño ni al poni, pero él sabía bien dónde mirar: detrás del baúl de los disfraces.

Un espectáculo maravilloso se ofreció entonces a sus ojos. Una cabaña, todavía sin terminar, pero no por ello menos hermosa, se levantaba sobre cuatro postes hundidos en la tierra aplanada de la bandeja. Había huellas de caballo y de mocasines. Omri observó que una rampa, construida con un poco de corteza, había sido colocada contra el costado de la caja en que debía encontrarse el poni. Con satisfacción –aunque pueda parecer extraño– descubrió excrementos de caballo sobre la rampa, prueba evidente de que el animal había pasado ya por allí. Y, en efecto, estaba un poco más allá, atado con un hilo a una estaca clavada, supuestamente con un martillo, en el suelo y masticando un montoncito de hierba que el indio había recogido para él.

Toro Pequeño, por su parte, estaba tan enfrascado en su trabajo que ni siquiera se dio cuenta de que Omri lo observaba maravillado. Su cabaña aún no estaba terminada. Los postes —unas ramitas del sauce llorón del jardín— habían sido cuidadosamente mondados y brillaban completamente blancos. Los había arqueado, introduciendo cada uno de sus extremos en la tierra y asegurando los cruces con hilo. Otras ramas —cada una de ellas un verdadero árbol para el indio— esperaban su turno para reforzar el armazón, sin necesidad de clavo o tornillo alguno. Toro Pequeño estaba ahora colocando pequeños trozos de corteza, como minúsculas tejas, sobre los cruces.

Sentado en el tejado, con las piernas enlazadas al eje principal que recorría la cabaña de un extremo al otro, iba fijando las tejas de corteza una vez talladas cuidadosamente con su cuchillo. El hacha del caballero medieval estaba en el suelo, al lado de una pila de ramas todavía sin utilizar. Era evidente que Toro Pequeño la había empleado para cortar y trocear las ramas, y al parecer había hecho buen uso de ella.

Toro pequeño se enderezó, estiró los brazos hacia el techo y abrió la boca en un tremendo y sonoro bostezo.

—¿Cansado? —le preguntó Omri.

El indio se llevó tal susto que casi se cae del tejado. El poni relinchó y tiró de la cuerda. Toro Pequeño levantó la vista y vio a Omri inclinado sobre el baúl, a mucha distancia de donde él se encontraba, y sonrió.

—Toro Pequeño estar cansado. Trabajar muchas horas. ¡Mirar! Hacer cabaña. Trabajo de muchos guerreros hacer solo. Herramientas no buenas. Hacha de Omri pesar mucho. ¿Por qué no tomahawk?

Omri, que ya se iba acostumbrando a los desagradecidos modales del indio, no se enfadó. Le mostró la tienda que había hecho.

—Imagino que ya no querrás esto, ahora que tienes tu cabaña —dijo tristemente.

—¡Yo querer, sí! ¡Yo querer! —por lo visto, el indio aún consideraba útiles los tipis después de todo—. ¡Buena! Buscar pinturas. Yo pintar.

Omri fue a buscarlas. Cuando regresó, encontró a Toro Pequeño sentado, con las piernas cruzadas, frente a la figura del Jefe que Omri había dejado al lado de la tienda. Toro Pequeño parecía completamente desconcertado.

—¿Tótem? —preguntó.

—¡No! Es de plástico.

—¿Plás–tico?

—Sí. Lo he comprado en "Yapp".

Toro Pequeño miró fijamente aquella figura con su enorme penacho de plumas.

—¿Tú hacer magia? ¿Sacar arco y flechas de plás–tico?

—Sí.

—¿Y plumas también ser de verdad? —volvió a preguntar con los ojillos relucientes.

—¿Te gustan?

—Sí; Toro Pequeño gustar. Pero ser de Jefe. Toro Pequeño no Jefe hasta que padre morir. Si Toro Pequeño llevar ahora plumas de Jefe, espíritus enfadarse.

—Pero ¿no podrías, por lo menos, probártelas?

Aunque no muy convencido, Toro Pequeño acabó accediendo.

—Bueno. Tú hacer plumas de verdad, luego hablar.

Omri encerró al Jefe indio en el armario, pero, antes de echar la llave, se inclinó hacia Toro Pequeño, que estaba examinando los –para él– enormes botes de pintura.

—Oye, Toro Pequeño, ¿tú…, en fin, tú no te encuentras un poco solo?

—¿Huh?

—Digo que si te gustaría tener… un amigo.

—Ya tener amigo —dijo el indio señalando al poni con la cabeza.

—No; yo me refería a otro indio.

Toro Pequeño lo miró perplejo. Se hizo un largo silencio.

—¿Esposa? —preguntó al cabo de un rato.

—No, hombre —dijo Omri—. El… Jefe.

—No interesar —contestó inmediatamente Toro Pequeño, que agachó la cabeza y reanudó su trabajo.

Omri se llevó una decepción. Había pensado que sería divertido tener dos indios. No obstante, y sin saber exactamente por qué, le resultaba imposible hacer nada con lo que Toro Pequeño no estuviese de acuerdo. Así pues, se vería obligado a tratar al Jefe como había tratado al caballero: primero le quitaría las armas e inmediatamente después lo convertiría de nuevo en plástico.

Sólo que esta vez no iba a resultar tan fácil.

Cuando abrió la puerta, se encontró al Jefe sentado en una de las baldas del armario, mirando aturdido a su alrededor y parpadeando asustado al recibir la luz en sus ojos. Omri pudo darse cuenta de que aquel hombre era muy viejo, pues tenía el rostro surcado de arrugas. Sin ninguna dificultad, le quitó el arco de las manos, pero el carcaj con las flechas estaba sujeto a su espalda por una correa de cuero y, para cogerlo, tenía que levantar el tocado de plumas de su venerable cabeza cubierta de canas. Y eso Omri no estaba dispuesto a hacerlo. ¡Sería terriblemente descortés!

El viejo lo miró, desconcertado al principio, y luego con verdadero terror. Pero no se movió, ni hizo ademán alguno de hablar, aunque Omri pudo ver cómo se movían sus labios y que apenas conservaba algunos dientes. Le hubiera gustado encontrar una frase amable para tranquilizarlo, pero se limitó a levantar una mano –tal y como había visto hacer a los hombres blancos en las películas cuando saludan a los jefes indios– y dijo: "Jau".

Sin pronunciar una sola palabra, el viejo indio levantó su temblorosa mano y, de repente, se desplomó de costado.

—¡Toro Pequeño! ¡Toro Pequeño! ¡Rápido, sube a mi mano!

Omri se agachó y Toro Pequeño pasó a su mano desde el tejado de la cabaña.

—¿Qué pasa?

—¡El viejo indio…! ¡Creo que se ha desmayado!

Lo llevó hasta el armario y Toro Pequeño saltó dentro. Se acercó al cuerpo del Jefe y, arrancando una pluma de su huincha, la puso delante de los labios del viejo. Luego movió significativamente la cabeza.

—Muerto —dijo—. No respirar. Corazón detenerse. Hombre viejo. Marchar junto antepasados. Muy feliz.

Y, sin más preámbulos, comenzó a despojar al Jefe de todas sus pertenencias: el penacho de plumas, las flechas y el manto ricamente adornado.

Omri no podía dar crédito a lo que estaba viendo.

—¡Toro Pequeño, detente! No deberías…

—Jefe muerto; sólo yo indio aquí. Nadie más para Jefe. Toro Pequeño Jefe ahora —dijo al tiempo que se echaba el manto sobre sus hombros desnudos y, con aire triunfal, se ajustaba el espléndido penacho de plumas en su cabeza. Luego recogió el carcaj.

—¡Omri, dar arco! —ordenó.

Era una orden. Omri obedeció sin rechistar.

—Ahora tú hacer magia. Ciervo para Toro Pequeño cazar. Fuego para cocinar. ¡Carne buena!

Y se cruzó de brazos mirando, ceñudo, a Omri.

Omri estaba hecho un lío. Una cosa era tratar a Toro Pequeño como una verdadera persona, digna de todo respeto, y otra, muy distinta, resignarse a ser su esclavo. ¿Había sido conveniente devolverle las armas y permitir que se autonombrase Jefe?

—¡Mira, Toro Pequeño…! —le advirtió.

—¡OMRI!

Era la voz de su padre llamándolo a gritos. Omri pegó un salto y, con el impulso, desplazó el armario. Toro Pequeño cayó hacia atrás, cosa que menoscababa un tanto su dignidad.

—¿Sí?

—¡BAJA INMEDIATAMENTE!

Sin tiempo para disculpas, Omri levantó a Toro Pequeño y lo colocó cerca de su cabaña. Cerró el armario con llave y corrió escaleras abajo. Su padre lo estaba esperando.

—Omri, ¿has andado hurgando últimamente en la caseta de las herramientas?

—Pues…

—¿Y no habrás visto allí, por casualidad, una bandeja de tierra sembrada con semillas de calabacín…?

—Bueno, yo…

—¿Sí o no?

—Sí, pero…

—¿Y, también por casualidad, no habrás sido tú quien ha arrancado dos enormes trozos de la corteza del sauce?

—Pero, papá…

—¿No te he dicho que los árboles se mueren si les quitas demasiada corteza? ¡Es como su piel! Y por lo que se refiere a la bandeja de semillas, te recuerdo que es *mía*. No tienes derecho a coger mis cosas de la caseta, te lo he dicho muchas veces. ¡Ya puedes devolvérmela de inmediato! Y más vale que no hayas estropeado las semillas porque, de lo contrario, verás, te vas a acordar…

Omri tragó saliva. Aguantó como pudo la mirada de su padre.

—No puedo devolverla, pero te compraré otra con semillas y todo. Tengo algo de dinero. ¡Papá, *por favor*!

Su padre tenía mal genio, sobre todo cuando le tocaban algo de su jardín, aunque, en el fondo, era bastante razonable, y además no solía meter las narices en los secretos de sus hijos. Enseguida se dio cuenta de que recuperar la bandeja y las semillas era imposible, y de que no tenía mayor sentido seguir regañando a Omri.

—De acuerdo —dijo—. Puedes ir a la tienda y comprarme una bandeja nueva con sus semillas, pero las quiero hoy mismo.

La desesperación se dibujó en el rostro de Omri.

—¿Hoy? ¡Pero si ya son casi las cinco!

—Por eso. Vete enseguida.

7. HERMANOS NO DESEADOS

A Omri no le dejaban ir en bicicleta por la carretera, ni tampoco por la acera si iba deprisa, así que, muy astutamente, decidió avanzar despacito por la acera hasta llegar a la esquina y luego pedalear a todo trapo.

La tienda todavía estaba abierta. Compró una bandeja y las semillas, y cuando ya iba a pagar, se dio cuenta de que en el sobre de las semillas, debajo de la palabra "calabacín", había otra: "calabaza".

¿Así que una de las "Tres Hermanas" era el calabacín? Instintivamente, preguntó al tendero:

—Oiga, ¿sabe usted lo que es el "maize"?

—¿El "maize"? ¿Te refieres al maíz de grano dulce?

—Sí. ¿Tiene usted de esas semillas?

Al salir, encontró a Patrick esperándolo al lado de su bicicleta.

—¡Hola!

—¡Hola! Te vi entrar. ¿Qué has comprado?

Se lo enseñó.

—¿Más regalos para el indio? —preguntó Patrick con sarcasmo.

—Bueno, algo parecido. Todo depende de si…

—De si… ¿qué?

—De si se queda conmigo el tiempo suficiente para verlos crecer.

Patrick lo miró extrañado y Omri le devolvió la mirada.

—He pasado por "Yapp" —dijo luego Patrick—. Te he traído algo.

—¿Ah, sí? ¿Qué es? —preguntó ilusionado Omri.

Patrick sacó la mano del bolsillo, la puso delante de él y abrió lentamente los dedos. Era un vaquero a caballo, con una pistola apuntando hacia arriba, o hacia lo que hubiera sido arriba de no estar tumbado.

Omri guardó silencio unos instantes. Después movió la cabeza:

—Lo siento, pero no me interesa.

—¿Por qué no? Así podrás jugar mejor con tu indio.

—Pelearían.

—¡Pues claro! De eso se trata, ¿no?

—Ya, pero entonces podrían hacerse daño.

Hubo una pausa. Luego Patrick se inclinó hacia delante y muy lentamente, casi gritando, preguntó:

—¿Cómo van a hacerse daño si son de plástico?

—Escucha… —dijo Omri, pero se contuvo un momento; después cogió carrerilla y continuó—. ¡El indio no es de plástico, es de verdad!

Patrick respiró fuerte, muy fuerte, y se guardó el vaquero en el bolsillo. Omri y él eran amigos desde hacía mucho tiempo, desde antes incluso de empezar a ir al colegio, y se conocían muy bien. Y de la misma manera que Patrick sabía cuándo Omri mentía, también se daba cuenta de cuándo no lo hacía. El único problema era que aquella "no–mentira" resultaba imposible de creer.

—Quiero verlo —insistió.

Omri se debatía en un mar de dudas. Por una parte, si no compartía el secreto con Patrick, su amistad corría peligro, algo a lo que no estaba dispuesto a llegar por nada del mundo. Y por otra, se moría de ganas de enseñar su indio a alguien.

—De acuerdo. Ven conmigo.

De regreso a casa, volvió a saltarse a la torera las leyes paternas de la circulación, esta vez por la carretera y con Patrick sentado en la barra. Rodearon la casa por la parte de atrás para evitar que alguien los viera desde la ventana.

—Él quiere hacer una fogata —explicó Omri—, pero supongo que es imposible hacer una dentro de casa.

—¡Hombre! Yo creo que sí se podría si lo hacemos encima de una plato metálico —sugirió Patrick.

Omri aprobó su propuesta con la mirada.

—Vamos a llevar algunas ramas —dijo.

Patrick cogió una de casi un metro de largo. Omri se echó a reír.

—Ésas no sirven. Tienen que ser pequeñas, como ésta.

Y arrancó una minúscula del seto de aligustre.

—¿Necesita el fuego para cocinar? —preguntó Patrick recalcando sus palabras.

—Sí.

—Pues entonces eso no sirve. Una hoguera con esas ramas se apagaría en un par de segundos.

Omri no había caído en eso.

—Lo que necesitamos es una bolita de brea, que dura un montón de tiempo. Las ramas se pueden poner encima. ¡Parecerá una hoguera de verdad!

—¡Buena idea!

—Yo sé dónde podemos encontrar la brea. Aquí al lado están asfaltando una calle.

—¡Venga, vamos!

—No, todavía no.

—Pero ¿por qué?

—Todavía no me lo creo. Antes quiero verlo.

—De acuerdo, pero primero vamos a dar estas cosas a mi padre.

Aún se retrasaron un poco porque su padre insistió en que llenaran la bandeja de tierra y sembraran las semillas allí mismo. Pero cuando Omri le dio, como regalo, las semillas de maíz, el padre dijo:

—¡Muchas gracias, hombre! ¡Muchas gracias! Ya veo que tenéis mucha prisa, así que deja éstas para mañana. Las puedes plantar antes de ir al colegio.

Omri y Patrick subieron las escaleras corriendo, y cuando llegaron arriba, Omri se quedó de piedra. La puerta de su cuarto, que él siempre cerraba automáticamente cuando se iba, estaba ahora abierta, y sus dos hermanos, el uno al lado del otro, allí dentro sentados en el suelo.

No se movían, por lo que Omri enseguida se dio cuenta de que estaban mirando algo. No pudo soportarlo. Habían entrado en su habitación sin permiso y habían encontrado a su indio. ¡Ahora se lo dirían a todos! Y su secreto, su precioso secreto, que sólo a él correspondía guardar o desvelar, ya nunca más volvería a ser un secreto. Algo estalló en su interior y comenzó a dar gritos:

—¡Fuera de mi habitación! ¡He dicho que fuera de mi habitación!

Al oírle, sus hermanos se volvieron bruscamente.

—¡Cállate! Vas a asustarlo —dijo Adiel—. Gillon entró aquí buscando su hámster y, al salir, encontró esta cabaña tan increíble que has hecho y me llamó para que la viera.

Omri miró al suelo. La bandeja de tierra, con la cabaña ya casi terminada, había sido colocada en el centro de la habitación. ¡Era *eso* lo que había llamado su atención! De una rápida ojeada, pudo darse cuenta de que no había ni rastro del indio ni del poni. Gillon, sin embargo, tenía su hámster encima del hombro.

—No puedo entenderlo —continuó diciendo Adiel—. ¿Cómo demonios has conseguido hacer esto sin utilizar ni siquiera pegamento? Todo va sujeto con hilos y cuñas y… ¡Mira, Gillon! ¡Está hecha con corteza y ramas de verdad!

Hablaba con una admiración tan sincera que Omri se sintió un poco avergonzado.

—Yo, es que… —iba a decir, pero Patrick, que tampoco podía despegar la vista de la casa, le pegó un empujón que casi lo tira al suelo.

—Sí, claro —dijo Omri—. Pero ahora, ¿os importaría largaros? Y haced el favor de llevaros el hámster. Os recuerdo que ésta es mi habitación y que no podéis entrar aquí sin mi permiso.

—Ya, pero ésta es *mi lupa* —replicó Gillon en el mismo tono, aunque tan impresionado por lo que había visto que ni siquiera se le ocurrió llevársela.

Ahora, no obstante, la había cogido para observar de cerca todos los detalles de la construcción.

—Sabía que eras muy bueno construyendo cosas —dijo—, pero esto es increíble. Debes de tener deditos de hada para hacer todos esos nudos tan enrevesados… Pero ¿qué ha sido eso? —se extrañó de pronto.

Habían oído algo, algo parecido a un débil relincho debajo de la cama.

Omri reaccionó inmediatamente. ¡Había que evitar a toda costa que averiguaran alguna cosa! Se puso de rodillas e hizo como que buscaba debajo de la cama.

—No ha sido nada… ¡El pequeño despertador que me regalaron estas Navidades! —farfulló—. Seguramente lo dejé conectado y saltó la alarma…, eso, la alarma.

Se levantó y fue empujando a sus hermanos hacia la puerta.

—No sé a qué viene tanta prisa por librarte de nosotros —refunfuñó, suspicaz, Gillon.

—No tengo prisa; simplemente quiero que os larguéis.

Y, de repente, volvieron a oír un relincho que en nada se asemejaba a la alarma de un despertador.

—¡Suena como un caballo! —dijo Adiel.

—Ya, claro; será entonces que tengo un caballo escondido debajo de la cama… —contestó Omri con el tono más irónico posible.

Por fin se marcharon, no sin antes volverse un par de veces extrañados. Omri dio un portazo, cerró por dentro y se apoyó en la puerta con los ojos cerrados.

—¿*Es* un caballo? —susurró Patrick, emocionado

Omri asintió. Después abrió los ojos, se tumbó en el suelo y miró debajo de la cama.

—Alcánzame la linterna que está encima de la cómoda.

Patrick se la dio y se tumbó a su lado. Miraron juntos y la luz de la linterna atravesó la oscuridad.

—¡Caramba! —exclamó Patrick, embelesado—. ¡Pero si es verdad!

El poni estaba allí, relinchando y, al parecer, solo. Cuando le dio la luz de la linterna, dejó de relinchar y volvió la cabeza. Omri pudo distinguir un par de piernas a su lado.

—¡Tranquilo, Toro Pequeño! Soy yo —le dijo.

Muy lentamente, apareció primero un penacho de plumas; después, la parte superior de una cabeza, y, por último, un par de ojos mirando por encima de la grupa del caballo.

—¿Quiénes ser otros? —preguntó.

—Mis hermanos. Pero no pasa nada, no te han visto.

—Toro Pequeño oír llegar. Coger poni. Esconder.

—Bien; ahora sal para que conozcas a mi amigo Patrick.

Toro Pequeño subió de un salto al caballo y salió de debajo de la cama, todo orgulloso con su nueva capa y su penacho de plumas. Miró de arriba abajo a Patrick, que le devolvió la mirada completamente pasmado.

—Di algo —susurró Omri—. Di *"jau"* por lo menos.

Patrick intentó varias veces pronunciar el dichoso *¡Jau!*, pero no le salía la voz. Toro Pequeño levantó solemnemente la mano.

—Amigo de Omri, amigo de Toro Pequeño —dijo el indio generosamente.

Patrick tragó saliva. Sus ojos parecían querer salirse de las órbitas.

Toro Pequeño, muy cortés, aguardó todavía un instante, pero al ver que Patrick no se decidía a hablar, dio media vuelta con su caballo y se dirigió hacia la bandeja de tierra. Los chicos la habían sacado de detrás del baúl; lo habían hecho con cuidado, pero la rampa se había movido. Omri volvió a ponerla en su sitio y Toro Pequeño subió por ella con su caballo. Cuando llegó arriba, desmontó y lo ató por el ronzal al poste que estaba clavado en la tierra. Después reanudó tranquilamente la construcción de su cabaña, colocando ya las últimas tejas.

Patrick se pasó la lengua por los labios, tragó saliva un par de veces más y gruñó.

—¡Es de verdad! ¡Es un indio de verdad!

—Te lo dije.

—Pero ¿cómo ha ocurrido?

—Ni idea. Es algo relacionado con este armario o con la llave... No sé. La llave es muy antigua. Metes dentro alguna figurita de plástico y de repente resucita.

Patrick abrió todavía más los ojos.

—¿Quieres decir que... no es sólo él? ¿Que puedes hacerlo con cualquier juguete?

—Sólo sirven los de plástico.

En el rostro de Patrick se dibujó una incrédula sonrisa.

—Entonces, ¿a qué esperamos? Podemos transformar montones de cosas, ejércitos completos...

E inmediatamente se volvió hacia la caja de galletas. Omri lo detuvo.

—¡Tranquilo, tío, tranquilo, que las cosas no son tan sencillas!

Patrick, con las manos llenos de soldados, se dirigía ya hacia el armario.

—Pero, bueno, ¿por qué no?

—¿No te das cuenta? Se transforman en seres *reales*.

—¿Reales? ¿Qué quieres decir?

—Quiero decir que Toro Pequeño no es un juguete. Es un hombre de verdad. Vive. Debe de estar…, bueno, no sé, en la mitad de su vida, y en la América de mil setecientos y pico. Es un hombre del *pasado*.

Omri intentaba explicar estas cosas lo mejor que podía, pero Patrick miraba sin comprender nada.

—No sé qué quieres decir.

—Escucha. Toro Pequeño me ha contado su vida. Ha peleado en guerras y arrancado cabelleras; tenía una mujer que murió… No sabe cómo ha llegado hasta aquí, pero cree que se trata de magia, y él piensa que yo soy una especie de espíritu o algo parecido. O sea…
—Omri insistía al darse cuenta de que Patrick seguía mirando fijamente al armario—, que si pones ahí todas esas figuras, cuando resuciten, serán hombres de verdad, con vidas propias, cada uno de un país diferente, de una época diferente y con una lengua diferente. No puedes, sencillamente no puedes dejarlos ahí y obligarles a hacer lo que tú quieras. Harían lo que ellos quisieran, o se morirían de miedo y escaparían o… Bueno, yo lo intenté una vez con un viejo indio que se murió del susto nada más verme. Y si no me crees, ¡mira!

Y Omri abrió el armario.

Dentro estaba el cuerpo del viejo Jefe, ahora de plástico, pero inconfundiblemente muerto, y no muerto como cualquier figurita de las otras, sino al estilo de los muertos de verdad, arrugado y rígido.

Patrick lo cogió para examinarlo. Había dejado a un lado las demás figuras.

—¿Éste no es el que compraste en el recreo?

—Sí.

—Está completamente tieso.

—¿Lo ves?

—¿Dónde está su penacho?

—Lo cogió Toro Pequeño. Dice que ahora él es el Jefe. Se ha hecho aún más mandón y *difícil* que antes —razonó Omri imitando el tono de voz con que su madre se dirigía a él cuando hacía lo que le daba la gana.

Automáticamente, Patrick soltó al indio muerto y se limpió la mano en los pantalones.

—¡A lo mejor esto no es tan divertido como me había imaginado!

Omri reflexionó un momento.

—No —dijo muy serio—, no es divertido.

Miraron a Toro Pequeño. Había terminado de construir el tejado. Entonces se quitó el penacho, lo sujetó bajo el brazo y entró en la cabaña. Salió al cabo de unos segundos y, mirando a Omri, dijo:

—Toro Pequeño tener hambre. ¿Traer ciervo, oso, alce?

—No.

El indio frunció el ceño.

—¿Por qué no?

—Porque las tiendas están cerradas. Además —añadió Omri, que no quería parecer demasiado débil, y menos delante de Patrick—, no me hace ninguna gracia tener un montón de ciervos corriendo por mi habitación para que tú puedas matarlos. Te daré algo de carne, prepararemos una fogata y podrás cocinarla; eso es todo.

Por un momento, Toro Pequeño se sintió desconcertado. Después volvió a colocarse hábilmente el penacho, estiró al máximo sus siete centímetros de estatura –casi ocho con las plumas–, se cruzó de brazos y fulminó a Omri con la mirada.

—Toro Pequeño Jefe ahora. Jefe cazar. Matar animales. No coger carne de animales que otros matar. Si no matar, perder habilidad con arco. Hoy tú dar carne. Mañana ir tienda, comprar oso plás–tico. Hacer real. Yo cazar. Aquí no —añadió mirando al techo con absoluto desprecio—. Fuera. Bajo cielo. Ahora fogata.

Patrick, que se había sentado, se levantó enseguida. También él parecía estar tocado por el discurso de Toro Pequeño.

—Iré a buscar la brea —dijo.

—No, espera un minuto —lo detuvo Omri—. Tengo otra idea.

Omri corrió escaleras abajo. Afortunadamente, el salón estaba vacío. En el cubo del carbón que había al lado de la chimenea encontró un paquete de pastillas de fuego. Cortó un buen trozo de una de ellas y se lo guardó envuelto en una hoja de papel de periódico. Después se dirigió a la cocina. Su madre estaba pelando manzanas.

Omri, tras titubear unos instantes, se acercó al frigorífico.

—No comas nada, Omri; ya pronto cenaremos.

—Es sólo un trocito.

Encontró un hermoso pedazo de carne cruda en un plato. Omri olisqueó sus dedos y se los frotó una y otra vez contra el jersey, pues los tenía manchados del polvo de las pastillas de fuego. Después cogió un cuchillo del cajón y, mirando de reojo a su madre, que estaba de espaldas, comenzó a cortar por un extremo.

Suerte que era carne blanda y se cortaba fácilmente. Aún así, casi tira el plato en su intento.

Su madre se volvió justo cuando ya cerraba la puerta del frigorífico.

—¿Un trocito de qué? —preguntó.

Su madre, desde luego, siempre reaccionaba con retraso cuando él decía algo.

—No, nada —contestó escondiendo su trocito de carne en la mano—. Oye, mamá, ¿tienes algún plato metálico?

—No, me parece que no.

—Sí, acuérdate, aquel que le compraste a Adiel cuando se fue de acampada…

—¡Ah! Ése lo tiene él en su cuarto. ¿Un pedacito de qué, me has dicho?

Pero Omri ya había escapado escaleras arriba. Adiel estaba en su cuarto haciendo los deberes.

—¿Qué *quieres*? —preguntó en cuanto vio aparecer a Omri.

—El plato, ese plato, ya sabes, el que utilizas para ir de cámping.

—¡Ah, ése!

Y siguió con sus deberes.

—Bueno, ¿me lo dejas o no?

—Supongo que sí. Está por ahí, en alguna parte…

Omri lo encontró en una vieja mochila, todo sucio, con restos de judías pegadas al fondo y duras como el cemento. Volvió corriendo a su habitación. Cada vez que así lo hacía, aunque sólo fuera tras haberla abandonado por unos minutos, y se acercaba a la puerta imaginando lo que podía encontrar –o no encontrar– al abrirla, sentía su corazón latir de puro pánico. Tanta preocupación ya estaba empezando a minar sus fuerzas.

Pero esta vez todo estaba tal y como él lo había dejado. Patrick permanecía sentado al lado de la bandeja, mientras Toro Pequeño lo iba instruyendo en el difícil arte de abrir los botes de pintura, al tiempo que él se afanaba con algo tan pequeño que no podía distinguirse a simple vista.

—Es un pincel —le aclaró Patrick—. Se arrancó unos pelos, los cortó y ahora está intentando sujetarlos a un palito de madera.

—Échale pintura en la tapa —dijo Omri.

Entretanto, Omri fue rascando con sus uñas los restos de judías secas que había en el plato. Después, sacó la pastilla de fuego y las ramas y las puso sobre él, justo en el medio. Limpió igualmente la carne con un poco de agua del vaso que había encima de su mesita. Se le acababa de ocurrir una idea estupenda para construir el asador: de una caja de madera en la que, hasta hacía muy poco, había conservado primorosamente ordenado su primer "Mecano" –ahora, por cierto, hecho un caos–, cogió una varilla, que tenía una de sus puntas doblada en forma de asa, y atravesó la carne. Después, con algunas de las piezas más pequeñas del "Mecano", preparó como una especie de espetón para poner la carne al fuego.

—¡Enciéndelo ya! —pidió Patrick, que se estaba poniendo de nuevo muy nervioso.

—Toro Pequeño, ¡ven a ver tu hoguera!

Toro Pequeño dejó sus pinturas y bajó corriendo la rampa, atravesó la alfombra y, de un salto, se colocó al lado del plato. Omri encendió una cerilla y prendió fuego a la pastilla, que enseguida produjo una llama de luz azulada. El fuego envolvió al mismo tiempo la leña y la carne. Daba gusto oír los crujidos de las ramas, aunque la pastilla desprendía un olor no muy agradable, lo que obligó a Toro Pequeño a arrugar la nariz.

—¡Apesta! —gritó—. ¡Carne estropeada!

—No —dijo Omri—; da una vuelta a la varilla y verás.

Toro Pequeño, evidentemente, no había utilizado nunca un asador, pero enseguida aprendió su manejo. Fue dando vueltas y más vueltas al trozo de carne hasta que éste dejó de estar rojo y se puso primero gris y después marrón. El sabroso olor de la carne asada comenzó a competir con el tufo que despedía la pastilla.

—¡Mmm…! —se relamió Toro Pequeño, que, con la frente perlada por el sudor, seguía dando vueltas a la varilla—. ¡Carne!

Se había quitado la capa y su pecho brillaba con un hermoso color rojizo. Patrick no podía apartar la vista de él.

—¡Por favor, Omri! —susurró—. ¿No podría tener yo uno? ¿No podría escoger un soldado, u otro cualquiera que me gustara, y hacerle cobrar vida en tu armario?

8. ¡VAQUERO!

Omri lo miró embobado. No había caído en ello, pero ahora le parecía lo más natural: nadie que estuviera al tanto de su secreto podría resistirse a la idea de tener un ser vivo para él solo.

—Patrick, esto no es lo que tú crees. No es exactamente un juego.

—Ya lo sé, eso ya me lo has dicho antes, pero déjame intentar…

—Tienes que pensarlo muy bien antes. ¡No, quieto! ¡Todavía no! Además, no quiero que utilices uno de los míos.

Omri no entendía qué le estaba pasando. No es que fuera un egoísta, no, pero sabía que algo terrible podía ocurrir si dejaba a Patrick hacer lo que le diera la gana. Aunque no iba a ser nada fácil detenerlo: Omri lo había agarrado por la manga y él se había soltado.

—Tengo que hacerlo… —repetía como un obseso—. Tengo que hacerlo…

Alargó la mano hacia el montón de juguetes. Pelearon. Era como si Patrick se hubiera vuelto loco. Omri sintió de repente que su pie golpeaba el borde del plato.

Entonces se separó de Patrick de un empujón y los dos miraron hacia abajo. El plato se había volcado desparramando el fuego por la moqueta. Con un grito, Toro Pequeño se había quitado de en medio y agitaba despavorido los brazos, mientras voceaba cosas horribles. Su trozo de carne desapareció bajo las botas de Omri, que, instintivamente, había pisoteado el fuego para apagarlo. Omri sintió cómo crujían las piezas del "Mecano" bajo sus pies y experimentó una gran angustia…

—¡Mira! ¡Nos hemos cargado el trozo de carne! —gritó—. ¡Si lo único que sabes hacer es pelear, ojalá nunca te lo hubiera dicho!

—Ha sido por tu culpa —contestó el cabezota de Patrick—. Tenías que haberme dejado meter algo en el armario.

Omri levantó el pie. Pegado a la suela del zapato, había un horrible amasijo de carne quemada y trocitos de metal despachurrados. Toro Pequeño dejó escapar un gemido.

—¡Tú no ser gran espíritu! ¡Tú solamente ser chico tonto! ¡Pelear, estropear carne! ¡Sentir vergüenza!

—A lo mejor todavía podríamos aprovechar…

Se agachó e intentó rescatar algo de la carne. Se quemó incluso los dedos, pero todo fue en vano: la carne se había mezclado con los restos malolientes de la pastilla y la pelusa de la moqueta.

—¡Lo siento muchísimo, Toro Pequeño! —murmuró apenado.

—¡No servir de nada sentir! Toro Pequeño hambriento, trabajar día entero, cocinar carne. Ahora, ¿qué comer? ¡Querer hacerte astillas como árbol!

Y Omri vio cómo Toro Pequeño cogía su hacha y, blandiéndola por encima de su cabeza, corría hacia él con la intención de golpearle en la pierna.

Patrick bailaba de puro nerviosismo.

—¡Es increíble! ¡Este tío es mucho más valiente que el David que se cargó a Goliat!

Omri se dio cuenta de que todo aquello estaba llegando demasiado lejos y, por si acaso, retiró la pierna.

—¡Por favor, Toro Pequeño, tranquilízate! Ya te he pedido perdón.

Toro Pequeño lo miró sin verlo. Después se dio media vuelta y comenzó a golpear la pata de una silla.

—¡Para! ¡Para o te meto otra vez en el armario!

Toro Pequeño se detuvo y tiró el hacha. Permaneció unos segundos respirando con fuerza, mientras les daba la espalda.

—Te traeré algo para comer ahora mismo, algo riquísimo. Tú sigue pintando. Después de comer te sentirás mejor. Enseguida vuelvo —y añadió dirigiéndose a Patrick —: Tú espera un momento; ya debe de estar preparada la cena; iré a ver si puedo coger algo.

Y, sin perder más tiempo, salió corriendo de la habitación. Encontró a su madre en la cocina preparando un guiso de carne.

—¿Me das un trocito? Sólo un poco, en una cuchara. Es que estamos haciendo una cosa…

Generosamente, su madre le dio un buen trozo.

—Ten cuidado de que no se te caiga —y después preguntó—: ¿Se queda Patrick a cenar?

—No sé, ahora se lo pregunto.

—¿Habéis reñido? He oído como unos golpes…

—¡No, qué va! Es que Patrick quería hacer algo que yo…

Omri enmudeció de repente. Acababa de darse cuenta de que Patrick estaba solo arriba. ¡Solo con el armario y las dos cajas de galletas llenas de figuritas de plástico!

Echó a correr. En el colegio solía llegar siempre el primero en la carrera del huevo y la cuchara. Algo, dicho sea de paso, bastante difícil, pues tiene su arte eso de mantener el huevo en la cucharita sin dejar de correr. Pero llevar un trozo de carne en salsa hirviendo a toda carrera y escaleras arriba, es todavía más difícil. Así que, si al llegar a la habitación aún quedaba algo de carne en la cuchara, sin duda se debería más a la buena suerte que a su demostrada habilidad. Y es que, en realidad, ni se había dado cuenta de que llevaba la dichosa cuchara. Lo único en lo que pensaba era en lo que podría ocurrir. Mejor dicho, en lo que *debería estar ocurriendo* allí arriba, y hasta dónde podría llegar el asunto si no se daba prisa.

Entró de golpe, justo a tiempo de ver precisamente lo que más se temía: a Patrick inclinado sobre el armario y a punto de abrir la puerta.

—¿Qué... qué haces?

Omri ya no tuvo tiempo de detener a Patrick. Sin hacer caso, éste abrió el armario y sacó algo. Después se dio la vuelta. Tenía los ojos como platos y no podía apartar la vista de sus manos a medio abrir. Entonces susurró: "¡Mira!". Y las abrió lentamente.

Omri avanzó unos pasos y, por unos instantes, se sintió inmensamente feliz al comprobar que, al menos, no se trataba de todo un ejército: había cogido solamente una figura. Pero ¿cuál? Se inclinó a ver y retrocedió lanzando una especie de gemido.

¡El vaquero! ¡Eran el vaquero y su caballo!

El caballo estaba completamente aterrorizado. Se revolvía como loco entre las manos de Patrick. Coceaba, relinchaba, se revolcaba de un lado a otro con los estribos y las riendas colgando. Era muy bonito, blanco como la nieve y con una cola y una crin larguísimas. A Omri lo ponía nervioso verlo tan asustado.

En cuanto al vaquero, estaba demasiado ocupado en esquivar las coces del caballo y en quitarse de en medio como para darse cuenta de dónde se encontraba. Probablemente pensaría que aquello era un terremoto. Omri y Patrick miraban embelesados cómo el hombrecito, con su camisa a cuadros, sus pantalones de ante, sus botas de cuero y de tacón alto y su enorme sombrero, gateaba desesperado por la mano de Patrick hacia el ángulo que forman el pulgar y el índice, intentando alejarse lo más posible del caballo. Fue cuando se dio cuenta, al mirar hacia abajo, de que estaba suspendido en el vacío.

Se le desprendió el sombrero, que lentamente, como una hoja, fue cayendo hasta el suelo, cada vez más lejos, más lejos, infinitamente lejos. El pobre vaquero pegó un grito e intentó trepar por el dorso de la mano, agarrándose al pliegue que hay junto a la uña del pulgar.

—¡No muevas las manos! —ordenó Omri al ver que Patrick, nerviosísimo, no hacía más que sacudirlas.

Por unos instantes se hizo la calma. El caballo se levantó tembloroso y fue remitiendo en sus cabriolas. Debajo de sus cascos había una cosa negra. Omri se acercó un poco más para ver qué era. Era la pistola.

El vaquero, a su vez, se había recobrado un poco. Volvió a gatear hacia el ángulo de la mano, mientras le decía al caballo algo así como "¡Eh, eh, tranquilo, amigo". Después se dejó resbalar hacia el animal y lo cogió de las riendas, sujetándolas bien por debajo del morro. A continuación le dio unas palmaditas en la cara, y esto pareció tranquilizarlo. Finalmente, y echando una rápida ojeada a su alrededor, aunque sin darse cuenta de las enormes caras que se inclinaban sobre él, se agachó con cuidado y recogió la pistola de entre los cascos del caballo.

—¡Ea, amigo, quieto…!

Omri lo miraba hipnotizado. Hubiera querido gritar a Patrick que aquella arma era de verdad, pero, por alguna razón oculta, se sentía incapaz de hacerlo. Sólo pensaba que el sonido de su voz volvería a asustar al caballo, y que alguno de los dos, el animal o el vaquero, podría entonces resultar herido. Por ello, se limitó a mirar mientras el hombrecito apuntaba cautelosamente en todas las direcciones. Por fin el vaquero bajó el arma.

Con las riendas aún en la mano, se movió lo suficiente para llegar a rozar la piel de Patrick. Entonces, alzó lentamente la mirada hacia los dedos curvados, que le llegaban a la altura de la cabeza.

—¡Por todos los diablos…! —exclamó—. Parece una enorme… Pero ¿qué estoy diciendo? ¡No puede ser! ¡Simplemente, no puede ser!

Cuanto más miraba, más se convencía de que, en efecto, debía de estar dentro de un par de manos recogidas en forma de cuenco. Por fin, después de rascarse la cabeza, se atrevió a mirar hacia arriba, por entre los dedos, hasta que se encontró con la cara de Patrick.

Al principio se quedó petrificado; era incapaz de moverse. Después, rápido como un relámpago, levantó la pistola.

—¡Patrick, cierra los ojos!

¡Bang!

Fue solamente un pequeño disparo, pero un pequeño disparo de verdad, que soltó incluso su correspondiente humareda con olor a pólvora. Patrick dio un grito de dolor y hubiera arrojado al suelo al caballo y al caballero si Omri no se hubiera apresurado a recogerlos. Patrick se llevó una mano a la mejilla.

—¡Auggg…! ¡Me ha disparado! —gritó.

La verdad es que, en estos momentos, a Omri le tenía sin cuidado Patrick. Estaba enfadado con él, y muy preocupado por el hombrecito y su caballo. Rápidamente los depositó sobre la cama e, imitando al vaquero, dijo:

—¡Ea, ea! ¡Tranquilos, nadie va a haceros daño! ¡Tranquilos, todo va bien!

—¡Auggg…! —seguía gritando Patrick—. ¡Esto duele!

—¡Te está bien empleado! ¡Te lo advertí! —contestó Omri.

Acabó por darle un poco de pena y lo atendió:

—Déjame ver.

Patrick retiró la mano lentamente. En su mejilla se veía una gota de sangre. Omri, forzando mucho la vista, podía ver algo muy parecido al aguijón de una abeja clavado en la piel.

—¡Espera! Ya lo veo… ¡Te lo sacaré!

—¡Auggg…!

Una pequeña presión con los dedos y enseguida salió una minúscula partícula de metal negro, que apenas había penetrado en la piel.

—¡Me ha disparado! —volvió a repetir Patrick con voz entrecortada.

—¡Te lo *dije*! A mí mi indio me clavó el cuchillo —recordó Omri para no ser menos—. Creo que deberíamos devolverlo... Me refiero al vaquero, claro.

—¿Devolverlo adónde?

Omri le explicó que, si metían al vaquero en el armario, se convertiría de nuevo en una figurita de plástico, pero Patrick, por supuesto, no quería ni oír hablar de aquello.

—¡Ah no! ¡De eso nada! Es fantástico. Míralo...

Patrick no se cansaba de contemplar a su pequeño héroe. El vaquero, ignorando por completo a los "gigantes" que acababa de ver, y seguramente pensando que todo era un simple producto de su imaginación, intentó arrastrar a su caballo a través del edredón de la cama de Omri. Era como si estuviera cruzando las dunas de un infinito desierto de color azul pálido.

Omri quiso cogerlo, pero Patrick se interpuso.

—¡Ni tocarlo! Yo lo compré y yo lo resucité. ¡Es mío!

—¡Lo compraste para mí!

—¡Dijiste que no lo querías!

—Bueno, pero el armario es mío y te dije que no lo tocaras.

—¿Y eso qué? Además, ya está hecho. Él ahora está vivo y me lo voy a quedar como sea... Si se te ocurre tocarlo, te doy una leche que te enteras... ¿O es que tú no me la darías a mí si yo le hiciera algo a tu indio?

Omri no contestó. Y, por cierto, ¿dónde estaba Toro Pequeño? Echó una ojeada a su alrededor y enseguida lo vio: seguía muy ocupado con sus pinturas. Hermosas y minúsculas reproducciones de garzas, tortugas y castores, principalmente en rojo y amarillo, cubrían ya los costados de la tienda que Omri había construido para él. Arrodillado a su lado para verlas más de cerca, Omri le oyó preguntar:

—¿Traer comida? Toro Pequeño morir de hambre si no comer enseguida.

Omri miró a un lado y otro. ¿Qué había hecho con la cucharada de carne? Enseguida se acordó de que la había olvidado encima de la mesa. Allí seguía, oscilando ligeramente y dejando escurrir algunas gotas de grasa, pero prácticamente llena. Rápidamente fue a buscar algún recipiente del equipo de Toro Pequeño, mejor dicho, del equipo del "Action Man" (pues el plato de papel de aluminio estaba hecho ya un asco) y, con mucho cuidado, lo llenó de la sabrosa carne guisada.

—Aquí tienes.

Toro Pequeño dejó de trabajar, apartó los pinceles y olfateó con impaciencia.

—¡Ah! ¡Bien!

Se sentó allí mismo a comer, con las piernas cruzadas, mojando en la salsa un poco del pan que había sobrado del día anterior.

—¿Tu mujer cocinar? ¡Ah, No! Toro Pequeño olvidar. Omri no tener mujer.

Sin intercambiar más palabras, siguió comiendo con verdaderas ansias durante unos minutos. Después dijo:

—¿Tú no querer?

—Mi comida está abajo y voy a cenar enseguida —contestó Omri.

—No entender. Querer decir si Omri no querer mujer —aclaró Toro Pequeño, que ahora parecía de mejor humor.

—Todavía no soy mayor.

Toro Pequeño lo miró un momento.

—Yo comprender. Muchacho todavía —dijo haciendo una mueca—. Muchacho grande, pero muchacho.

Y siguió comiendo. Al cabo de un rato, volvió a decir sin levantar la vista:

—Toro Pequeño querer…

—¿Otra mujer?

—Jefe necesitar mujer. Hermosa. Buena en cocina. Obedecer.

Metió la cabeza en el cacillo y lo limpió a lametones. Después volvió a mirar hacia arriba.

—Entre nosotros, iroqueses, madre buscar mujer a hijo. Pero madre Toro Pequeño no estar aquí. Omri ser madre y buscar.

Omri, desde luego, no se veía como la madre de Toro Pequeño, pero dijo:

—Lo intentaré. Creo que en la tienda de "Yapp" hay también algunas mujeres indias. Pero ¿qué pasará si traigo una y después no te gusta?

—¿Gustar?

— O sea, si después no la quieres…

—Yo querer. Joven. Hermosa. Obedecer. Yo querer. Tú traer.

—Bueno, te la traeré mañana.

Toro Pequeño sonrió, feliz, con su cara llena de grasa. Patrick, mientras tanto, se había ido acercando.

—¿Qué tal si los ponemos juntos? ¿Tú qué crees que harán?

—¡No! —exclamó Omri.

—¿Por qué no?

—¿Estás idiota o qué? Porque el tuyo tiene un arma y el mío sólo un arco y unas flechas, y seguro que uno de los dos acabaría matando al otro.

Patrick reflexionó.

—Bueno, podemos quitarles las armas. Venga, vamos.

Y se dirigió a la cama.

Justo en ese instante, llegó hasta ellos el sonido de unos pasos en la escalera. En un principio contuvieron hasta la respiración. Después Omri empujó ligeramente el baúl, sólo un poco, lo suficiente para ocultar a Toro Pequeño, mientras Patrick se sentaba a los pies de la cama y hacía otro tanto con el vaquero, que seguía empeñado en caminar a través de los enormes bultos del edredón.

¡Ufff…! ¡Por los pelos! Pues apenas un segundo después la madre de Omri abría la puerta:

—Patrick, tu madre ha llamado por teléfono. Dice que vuelvas a casa inmediatamente. Y tú, Omri, baja también. Ya está la cena.

Omri abrió la boca para protestar, pero Patrick dijo enseguida que sí, que ya era hora, y, con un rápido movimiento, echó mano al vaquero y a su caballo y los metió en el bolsillo de su chaqueta. Omri hizo un gesto de desaprobación, pensando que con aquellos modales tan bruscos no iba a dejar una pata sana al pobre caballo, aparte, claro, del miedo que estaría pasando. Pero no le dio tiempo a decir nada, pues Patrick salía ya por la puerta de la habitación. Aun así, dio un salto y pudo agarrarlo del brazo.

—¡Patrick! —le susurró—. ¡Ten cuidado! ¡Trátalos con mucho cuidado! Son *personas*, no lo olvides;

¡están vivos! ¿Qué piensas hacer con ellos? ¿Cómo vas a esconderlos para que no los vean en tu casa?

—No pienso hacer tal cosa. Se lo enseñaré a mi hermano ahora mismo. ¡Le va a dar un soponcio!

Por el momento, Omri llegó a pensar que quizá fuera mejor acabar con todo aquello de una vez. Sin soltar el brazo de Patrick, añadió:

—¡Haz el favor de pensar un poco! ¿Qué vas a decirles? ¿Y qué pasará luego? Si dices dónde lo has encontrado, te mato. Lo vas a estropear todo… ¡Nos quitarán el armario!

Por fin Patrick pareció entenderlo. Se llevó la mano al bolsillo.

—Vale. *Hoy* te puedes quedar con ellos. Pero recuerda, ¡son míos! Si los metes en el armario, me chivaré a todos. Te lo advierto. ¡A todos! Llévalos mañana al cole.

—¿Al cole? —exclamó Omri, horrorizado—. ¡Ni hablar! ¡Yo no llevo a Toro Pequeño al colegio!

—Tú puedes hacer lo que te dé la gana con Toro Pequeño porque es tuyo, pero el vaquero es mío y lo quiero en el colegio mañana mismo. Si no…

Omri le soltó el brazo y por un momento se miraron como si fueran dos desconocidos. Pero no eran dos desconocidos, eran amigos. Y eso es algo que cuenta mucho en la vida. Omri se rindió.

—De acuerdo —dijo—. Los llevaré. Pero ahora dámelos, y *con mucho cuidado.*

Entonces Patrick sacó el vaquero y el caballo de su bolsillo y, suavemente, los depositó en las manos abiertas de Omri.

9. UN DUELO AL AMANECER

Omri guardó al vaquero y a su caballo en el cajón de las camisas. Cenó a toda prisa y, antes de regresar a su habitación, pasó por la de Gillon para birlarle al hámster un poco de pienso con que dar de comer a los dos caballos.

Encerrado en su cuarto, empezó a hacer cálculos. Una habitación del tamaño de la suya sería, aproximadamente, como una especie de parque nacional para el vaquero y el indio. Por una noche, no parecía muy difícil mantenerlos separados. Aunque también cabía la posibilidad de meter al vaquero y a su caballo en el armario durante la noche y sacarlos a la mañana siguiente momentos antes de llevarlos al colegio. Pero Omri le había prometido a Patrick no hacerlo, así que, al final, decidió vaciar el baúl y guardarlos allí durante la noche.

El baúl, de casi un metro cuadrado, estaba hecho de planchas de madera y no tenía salida alguna. Con mucho cuidado, Omri metió allí al vaquero. Sentía curiosidad por saber su nombre, de dónde era y todas esas cosas, pero pensó que sería mejor no hablarle. Además, el vaquero se comportaba como si Omri, en realidad, no existiese. Cuando sus grandes manos lo bajaron hasta el fondo del baúl y pudo ver que a su lado aparecía un pedazo de carne fría, el pienso para el caballo y unos pedacitos de manzana –que bien podían servir para los dos–, o que, un poco más tarde, alguien hacía descender todo lo necesario para preparar una cama, el vaquero se cubrió deliberadamente los ojos, calándose el sombrero hasta las orejas. Sólo cuando Omri le hizo llegar el agua, en una botella minúscula que había encontrado en el cuarto de baño, el vaquero se dignó a hablar:

—¡Quita de mi vista ese líquido asqueroso! —gritó de repente con un cerradísimo acento tejano—. ¡No pienso probar ni una sola gota de eso mientras viva!

Y, diciendo esto, pegó una patada a la botella (era casi de su mismo tamaño) y la tiró al suelo, derramando su contenido sobre las tablas del baúl.

—Es solamente agua —se atrevió a decir Omri.

—¡Tú cierra el pico! —gritó el hombrecito—. He dicho que no probaré ese maldito brebaje, producto de mi maldita imaginación, y no lo probaré, ¡no señor! Puede que uno no aguante la bebida como el que más, pero si lo que ocurre es que he caído en un "delírium tremens" y se me aparecen las cosas, ya podían ser, por lo menos, cosas normales: elefantes rosas, ratas bailarinas… En fin, alguna de esas bobadas que se suelen ver cuando uno se emborracha, pero no gigantes, desiertos azules y cajones del tamaño del Gran Cañón… Y encima sin que se aparezca un alma, ¡a excepción de la de mi pobre caballo!

Y, sentándose sobre el montón de pienso, atrajo hacia él la cabeza de su caballo, apoyó su cara contra la del animal y comenzó a sollozar.

Omri estaba conmovido. ¡Un vaquero llorando! No sabía qué hacer. Cuando su madre lloraba, en aquellos momentos en que ya no aguantaba más, lo único que pedía era que la dejaran sola hasta que se le pasara el mal rato. A lo mejor todos los adultos eran parecidos. Así pues, Omri dio media vuelta, se puso el pijama, y fue a ver qué estaba haciendo Toro Pequeño al otro lado del baúl.

Había terminado de pintar. El tipi tenía un aspecto estupendo. Toro Pequeño estaba ahora en su cabaña preparando la manta para pasar la noche. El poni seguía atado al poste con su larga cuerda. Omri le echó un poco de pienso. Después se dirigió a Toro Pequeño y le preguntó:

—¿Qué tal? ¿Todo bien?

Tenía que habérselo pensado mejor antes de hablar.

—¡Muy bien! Sólo necesitar fuego en cabaña, para calentar y alejar animales salvajes. Y querer tomahawk…

—¡Ya! ¿Para hacerme picadillo la pantorrilla?

—Toro Pequeño enfadarse si tú decir eso. Sentirlo ahora. Querer tomahawk para cortar árboles, madera para hacer fuego, matar pájaro…

—¿Qué pájaro?

Toro Pequeño imitó el kikirikí de un gallo. Después hizo como que lo cazaba, lo colocaba sobre una piedra, levantaba el brazo y el hacha y lo descabezaba.

—No sé si eso es buena idea…

—Mañana conseguir pájaros de plás–tico. Buenas herramientas. *Ahora*, fogata. ¡Jefe Toro Pequeño hablar!

Con un suspiro de resignación, Omri fue hasta la papelera y recogió los restos de la antigua hoguera.

Todavía quedaba algo de la pastilla. Juntó unos trocitos de corteza y algunas ramitas de las que le habían sobrado a Toro Pequeño.

—Pero no la enciendas dentro, es demasiado peligroso.

Por cuestión de seguridad, quitó de en medio el tipi y preparó la hoguera sobre la tierra prensada de la bandeja, a unos quince centímetros de la entrada de la cabaña. A continuación prendió una cerilla e inmediatamente surgió un agradable fuego.

Con la piel reluciente y los ojos llenos de satisfacción, Toro Pequeño se acurrucó a su lado.

—¿Sabes bailar?

—Sí. Danzas guerreras, danzas de boda, muchas clases.

—¿Podrías bailar ahora para que yo te viera?

Tras dudar un instante, negó con la cabeza.

—¿Por qué no?

—No haber guerra, no haber boda, no haber ninguna razón para bailar.

—A lo mejor, si te encontrara una mujer…

El indio lo miró con ansiedad.

—¿Encontrar? ¿Dar tu palabra?

—Sólo he dicho que lo intentaría.

—Entonces Toro Pequeño bailar su mejor danza, danza de amor.

Omri apagó la luz y se retiró de la escena. Las sombras de la hoguera, el diminuto caballo mascando y el indio con su hermoso penacho y su capa calentándose junto al fuego… ¡Aquello parecía fantásticamente real! A Omri le hubiera gustado ser tan pequeño como Toro Pequeño y poder sentarse con él al lado de la hoguera.

—¡Omri! ¿Te has acostado ya? ¡Subo en cinco minutos a darte un beso! —se oyó a su madre.

Omri se sintió presa del pánico. Pero no, todo estaba bajo control: el fuego se iba extinguiendo poco a poco y Toro Pequeño ya se había levantado para estirarse en medio de enormes bostezos. Intentó distinguirlo a través de la oscuridad.

—¡Hey, Omri! ¿Pinturas, bien?

—¡Fantásticas!

—¿Dormir ahora?

—Sí.

—Paz de los grandes espíritus contigo.

—¡Gracias! ¡Lo mismo te digo!

Omri echó una ojeada al baúl. El pobre vaquero, arropado en su cama, roncaba ya sonoramente. No había comido nada. Omri suspiró. Se imaginaba a Patrick haciendo sus planes. Tenía la esperanza de que si él había logrado mantener a su indio en secreto, su amigo sería capaz de hacer otro tanto. No tenía por qué haber mayores problemas. Lo que Omri no volvería a hacer, en ningún caso, era repetir el experimento. ¡Ya tenía bastantes preocupaciones!

Se metió en la cama muy cansado. Su madre subió a darle un beso y cerró la puerta al salir. Omri se quedó dormido casi al instante.

De repente, oyó un agudo relincho. Y a continuación, otro. ¡Los caballos, al parecer, se habían olfateado mutuamente! La distancia entre ambos no era mucha, y además el caballo del vaquero estaba suelto. Omri podía distinguir el ruido de sus cascos golpeando contra las tablas del baúl. Los relinchos se repetían agudos, estridentes, casi interrogantes. Pensó en encender la luz, pero se encontraba demasiado cansado, y, además, ¿qué podía pasar? Las planchas del baúl les impedía llegar a encontrarse, así que lo mejor sería dejarles que siguieran relinchando hasta que se cansaran.

Dio media vuelta y se quedó dormido.

Al amanecer, lo despertaron unos disparos.

En menos de una décima de segundo, había saltado de la cama. Una simple ojeada al baúl fue suficiente para advertir que el vaquero y su caballo habían conseguido escapar. De un segundo vistazo averiguó cómo: al parecer, había cedido un nudo de la madera (quizá a causa de alguna coz), dejando una abertura en forma de puerta con arco y lo suficientemente grande como para permitir el paso de un jinete y su caballo.

Omri miró enloquecido a su alrededor. Al principio no fue capaz de distinguir nada. Se arrodilló junto a la bandeja para comprobar si Toro Pequeño seguía allí. Pero no había nadie; tampoco estaba su poni.

De repente, algo microscópico pasó silbando a su lado y se clavó, con un sonido metálico, en el baúl. Omri volvió la cabeza y enseguida pudo ver de qué se trataba. Era una flecha emplumada, aproximadamente del tamaño de un pincho de chincheta, que aún seguía vibrando de la fuerza con que había sido lanzada.

¿Acaso Toro Pequeño le estaba disparando *a él*?

—¡Toro Pequeño! ¿Dónde estás?

No hubo respuesta. De repente, con el rabillo del ojo, distinguió una sombra minúscula, como la de un ratón. Era el vaquero. Con su caballo de las riendas, corría, inclinado, de una pata de la silla a la otra. Tenía el revólver en la mano y no se había quitado el sombrero. Se oyó silbar otra flecha, que esta vez, en lugar de ir a parar al baúl, se perdió en la alfombra, justo delante del vaquero. Éste se vio obligado a detenerse en seco y a dar un salto hacia atrás, hasta quedar protegido por el cuerpo del caballo y, desde allí, poder disparar un par de veces más.

Orientándose hacia donde iban dirigidos los disparos, Omri pudo dar por fin con Toro Pequeño. Estaba, con su poni, escondido detrás de un pequeño montón de ropa, cuya forma recordaba a una colina cubierta de nieve, aunque en realidad se trataba de un chaleco que Omri, siguiendo su impenitente costumbre, había dejado tirado en el suelo la noche anterior. Toro Pequeño, a salvo tras su montaña de algodón, se preparaba para lanzar otra flecha contra el vaquero, una flecha que esta vez difícilmente dejaría de dar en el blanco. El pobre vaquero, por su parte, intentaba desesperadamente montar en su caballo para alejarse de allí. Sin darse cuenta, se había colocado justamente en el punto de mira del indio, que ya tensaba su arco.

—¡Toro Pequeño, detente! —gritó Omri, asustado.

Toro Pequeño no se detuvo. Pero el sobresalto le hizo errar el disparo y la flecha voló por encima de la cabeza del vaquero, atravesando su sombrero y dejándolo clavado en el respaldo de la silla que había detrás.

El vaquero montó en cólera y, venciendo su miedo, se enderezó sobre los estribos y gritó:

—¡Que te lleve el diablo, maldito indio! ¡Ya verás cuando te pesque! ¡Te arrancaré la piel a tiras y me voy a hacer un saco de dormir con ella!

Y, diciendo esto, se dirigió al galope hacia la colina. En su huida, gritaba y blandía frenéticamente su revólver, al que, según los cálculos de Omri, aún le quedaban dos balas.

Toro Pequeño no se esperaba rendición tan rápida. Fríamente, sacó otra flecha del carcaj y la colocó en el arco.

—¡Toro Pequeño! ¡Si disparas, te cojo y te aplasto entre mis dedos! —amenazó entonces Omri.

Toro Pequeño siguió apuntando al vaquero.

—¿Y qué hacer si disparar él? —preguntó.

—Él no puede disparar, ¡mira!

Como Omri suponía, la moqueta resultaba un terreno demasiado blando para permitir ninguna galopada. No había acabado de decir aquello, cuando el caballo tropezó y el jinete salió volando por encima de su cabeza.

Toro Pequeño bajó entonces el arco y soltó una carcajada. Luego, para espanto de Omri, depositó el arco entre los pliegues del chaleco, sacó su cuchillo y echó a correr hacia el caído vaquero.

—¡Ni se te ocurra tocarlo! ¿Me oyes?

El indio se detuvo.

—Intentar matar a Toro Pequeño. Enemigo blanco. Querer ocupar tierras indias. ¿Por qué no matar? Mejor matar. Yo actuar rápidamente, él no sufrir. Tú mirar.

Omri lo detuvo justo a tiempo. No lo aplastó, como había prometido, pero lo levantó en vilo, lo suficiente para darle un buen susto.

—Ahora escúchame tú. Ese vaquero no ha venido a robarte tu tierra. Él no tiene nada que ver contigo. Es el vaquero de Patrick, como tú eres mi indio. Lo llevaré al colegio hoy, así que ya nunca más volverá a molestarte. Ahora coge a tu poni, vuelve a tu cabaña y deja que yo me las entienda con él.

Toro Pequeño, sentado como solía en la palma de su mano, frunció el ceño.

—¿Llevar al colegio? ¿Lugar donde aprender sobre antepasados?

—Eso he dicho.

El indio se cruzó de brazos, visiblemente ofendido.

—¿Y por qué no llevar también a Toro Pequeño?

Omri no supo qué contestar.

—Si imbécil blanco de cara cobarde poder ir, Jefe indio poder ir también.

—No te gustaría.

—Si a él gustar, a mí gustar.

—No te llevaré, es demasiado arriesgado.

—¿Arriesgado?

—Sí, arriesgado. Peligroso.

Omri comprendió tarde que no debería haber dicho eso. Los ojos de Toro Pequeño se iluminaron.

—Gustar peligro. Aquí demasiado tranquilo. No caza, no enemigos, solo *él* —dijo mirando con desprecio al vaquero, que, a pesar de lo blando del suelo donde aterrizó y, por tanto, sin riesgo apenas de magullarse, hasta ese mismo momento no había iniciado los primeros intentos de ponerse de pie—. ¿Ver? No servir para pelear. Toro Pequeño matar rápido, arrancar cabellera, acabar pronto. Muy buena caballera —añadió condescendiente—. Color bonito, colgar bien de cinturón.

Omri miró de reojo al vaquero. Había apoyado su pelirroja cabeza sobre la silla de montar y parecía que iba a echarse a llorar de nuevo. A Omri le dio mucha lástima.

—No le harás ningún daño —dijo al indio—, porque yo no te lo permitiré. Además, si es tan cobarde como dices, tampoco tendría ningún mérito…

Toro Pequeño pareció darse por vencido, aunque al momento su rostro volvió a adoptar la misma expresión de terquedad:

—Nadie saber por cabellera si pertenecer a hombre valiente o a hombre cobarde.

Y añadió, el muy avispado:

—Tú dar permiso para matar y yo bailar alrededor de hoguera.

—No… —comenzó a decir Omri, pero enseguida cambió de táctica—. Bueno, vale, tú lo matas, pero entonces yo no te busco una mujer.

El indio se le quedó mirando un buen rato. Después, muy despacio, guardó su cuchillo.

—No tocar. Tener mi palabra. Ahora tú dar palabra también. Llevar Toro Pequeño al colegio. Llevar a plás–tico. Dejar Toro Pequeño escoger mujer.

Omri se quedó pensando. Podía llevar a Toro Pequeño en su bolsillo. No había ninguna necesidad de arriesgarse. Y si, por casualidad, le entraba la tentación de enseñárselo a alguien…, en fin, tendría que resistir a la tentación; eso era todo.

Y, al salir de clase, podría ir con él a "Yapp". Las cajas de figuritas de plástico estaban en un rincón: detrás de una estantería bastante alta. Con un poco de suerte, no habría demasiados niños en la tienda y podría enseñarle a Toro Pequeño todas las mujeres. Lo cual no dejaba de ser una ventaja, pues así no corría el riesgo de coger alguna vieja o fea sin darse cuenta. Y es que, la verdad, resultaba realmente difícil imaginar cómo serían sus pequeñas caras de plástico una vez que cobraran vida.

—De acuerdo. Te llevaré. Pero deberás obedecerme en todo lo que te diga y no hacer ruido.

Lo depositó de nuevo en la bandeja y, con mucho cuidado, condujo al poni por la rampa. Toro Pequeño lo ató al poste y Omri le echó un poco más de comida. Después, a gatas, se arrastró hasta donde se encontraba el vaquero, ahora sentado tristemente en la alfombra, con las riendas de su caballo enrolladas en un brazo y demasiado deprimido como para moverse.

—Pero, hombre, ¿qué te pasa?

El vaquero ni siquiera levantó la vista.

—He perdido mi sombrero —murmuró.

—¿Eso es todo? —Omri le alcanzó el sombrero, después de arrancarle la flecha que tenía clavada en el centro de la copa—. Aquí lo tienes —dijo amablemente poniéndoselo encima de sus rodillas.

El vaquero contempló el sombrero durante unos instantes. Alzó por fin la vista para mirar a Omri, se levantó y se lo puso diciendo:

—¡Muchas gracias! ¿Sabes que, después de todo, no eres una alucinación tan mala?

De repente, se echó a reír.

—¿Te imaginas? ¡Yo dando las gracias a una alucinación de "delírium tremens" porque me ha devuelto el sombrero! No puedo entender lo que está pasando, ¡lo juro! ¿Eres de verdad? ¿Ese indio es también de verdad? Porque, por si no te has dado cuenta, debo decirte que eres mucho más grande que él, así que los dos no podéis ser reales al mismo tiempo…

—Déjalo, no te preocupes. ¿Cómo te llamas?

El vaquero parecía avergonzado, pues, antes de contestar, bajó la cabeza.

—Mi nombre es Boone. Pero los muchachos me llaman Bujú porque lloro fácilmente. ¡Y es que tengo el corazón muy blando! Siempre que veo a alguien triste o me asusto un poco, me salen las lágrimas y…, bueno, no puedo hacer nada por evitarlo.

Omri, que hasta hacía poco también había sido un niño bastante llorón, se mostró comprensivo y le dijo:

—Bueno, no te preocupes. No tienes que tenerme miedo. Ni tampoco al indio. Él es mi amigo y no te hará ningún daño; me lo ha prometido. Ahora me gustaría que tú y tu caballo os metierais otra vez dentro del baúl. Pegaré en su sitio el nudo de madera y te sentirás mucho mejor. Después te traeré algo para desayunar —Boone pareció alegrarse al oír esto—. ¿Qué te apetece?

—¡Bah, tampoco tengo demasiada hambre! Con un par de filetes y dos o tres huevos con judías y una taza de café me daría por satisfecho…

"Pues te deseo mucha suerte para conseguir todo eso", pensó Omri.

10. LA TREGUA DEL DESAYUNO

Omri se deslizó escaleras abajo. La casa aún dormía. Decidió preparar el desayuno para él, el vaquero y el indio. Era un cocinero bastante bueno, aunque su especialidad, hasta entonces, habían sido los dulces. Freír un huevo, pensó, lo hacía cualquiera. En el caso de los filetes, bastaba con vuelta y vuelta, y las judías tampoco presentaban mayor problema. Omri puso la sartén al fuego con un poco de margarina. Una vez que la grasa comenzó a echar humo, cascó el huevo, mejor dicho, intentó cascarlo, pues la cáscara, en lugar de separarse limpiamente, se rompió en mil pedacitos y fue a parar a la sartén junto con todo lo demás.

¡Vaya! Aquello no parecía tan sencillo como se había imaginado. Sin preocuparse demasiado, lo dejó freír, cáscara incluida, y fue a buscar una lata de judías, que abrió sin ningún problema. A continuación, sacó un cazo y echó las judías dentro. Algunas cayeron en la sartén y explotaron. El huevo, mientras tanto, había empezado a retorcerse y la sartén humeaba cada vez más. Asustado, Omri apagó el gas. La yema del huevo no estaba todavía hecha y las judías aún no se habían calentado, pero el olor que desprendía la comida había empezado a preocuparle: no quería despertar a su madre. Echó, pues, todo en un plato, cortó una enorme rebanada de pan y, de puntillas, regresó a su habitación.

Toro Pequeño, de pie a la puerta de su cabaña y con los brazos en jarras, lo esperaba impaciente.

—¿Traer comida? —preguntó con el mismo tono autoritario de siempre.

—Sí.

—Pero Toro Pequeño querer montar antes un rato.

—Primero, come, que se te enfría. ¡A ver para qué me he molestado yo en prepararte el desayuno! —replicó Omri utilizando el mismo tono de su madre.

Toro Pequeño no supo qué contestar. Luego se echó a reír, un poco forzado, y, señalándolo con el dedo, dijo burlonamente:

—Omri cocinar. Omri mujer.

Pero a Omri le traían sin cuidado aquellas palabras.

—Los mejores cocineros han sido siempre hombres —contestó—. Ven, que desayunarás con Boone.

Toro Pequeño dejó de reír inmediatamente.

—¿Quién Boone?

—¡Bien sabes quién es! El vaquero.

El indio se llevó las manos a las caderas, en busca del cuchillo.

—¡Oh, vamos, déjalo ya, Toro Pequeño! Haz al menos una tregua para desayunar. Si no, te vas a quedar sin nada.

Y, dejándolo solo un momento hasta ver qué decía, Omri se dirigió al baúl donde el vaquero se entretenía restregando a su caballo con un trocito de trapo que había encontrado colgando de una astilla. Le había quitado la silla, pero el animal aún llevaba las riendas.

—¡Boone! ¡Te he traído tu desayuno!

—¡Yuuup! Ya decía yo que olía muy bien —contestó Boone.

Omri extendió la mano y, poniéndola a su altura, dijo:

—Anda, sube.

—¡Rayos! ¿Puede saberse adónde me llevas ahora? ¿Por qué no me das de comer tranquilamente aquí? En este lugar no hay ningún peligro…

A pesar de las protestas, subió a la mano de Omri y allí se sentó, todo enfurruñado y con la espalda apoyada en el dedo corazón.

—Vas a comer con el indio —le dijo Omri.

Boone se puso de pie como un resorte, con tanto impulso que hubiera caído al vacío de no haberse agarrado en última instancia al dedo gordo.

—¡Ah, no! ¡Eso sí que no! —gritó desesperado—. Ya puedes ponerme en el suelo, tío, ¿me oyes? ¡Pues no faltaría más! ¡No pienso compartir mesa con un asqueroso indio coleccionista de cabelleras! ¡De ningún modo! ¡Y no tengo nada más que decir!

Efectivamente, fue lo último que dijo antes de ser depositado, con toda suavidad, a dos centímetros escasos de su enemigo, que lo aguardaba de pie en la bandeja de tierra.

Los dos se pusieron inmediatamente en guardia, arqueando las piernas como si fuera a saltar cada cual a la garganta del otro o se prepararan para salir corriendo en direcciones opuestas. Rápidamente, Omri sirvió el huevo y las judías y colocó el plato en medio de los dos.

—Huelan, huelan —les dijo—. Y, o se ponen enseguida a comer juntos, o me llevo el plato y no prueba bocado ninguno de los dos. Así que ¡venga! Decídanse rápido. Si quieren pelear, mejor será que lo dejen para después del desayuno.

Cogió un trocito de papel limpio y lo extendió debajo de la cucharilla como si fuera un mantel. Después partió una miga de pan para cada uno y se la puso en las manos. Sin quitarse la vista de encima, el indio y el vaquero se acercaron al humeante "pote", cada uno por su lado. Toro Pequeño, tras dudar un instante, fue el primero en alargar el brazo y mojar su trozo de pan en el huevo. Este simple movimiento asustó tanto al pobre Boone que pegó un grito e intentó salir corriendo. Pero no pudo, porque se encontró con la mano de Omri bloqueándole el camino.

—No seas tonto, Boone —le dijo con firmeza.

—Ni tonto ni nada… Estos indios son unos salvajes y, además, unos cochinos. Por mucho que me lo ordenes, no pienso comer del mismo plato que él, así que…

—Boone —contestó Omri sin perder la paciencia—, Toro Pequeño no es más sucio que tú. Deberías verte la cara…

—¿Y qué culpa tengo yo? ¡No sé qué clase de alucinación eres! Te atreves a decirme que tengo la cara sucia cuando ni siquiera has traído un poco de agua para lavarme…

La verdad es que Boone tenía toda la razón, pero Omri no estaba dispuesto a dejarle salirse con la suya.

—Te traeré agua después del desayuno. Y si no te sientas ahora mismo a comer con mi indio, me chivaré y le diré cómo te llaman por ahí…

Ante esta amenaza, el vaquero se dio por vencido.

—No vale aprovecharse así… Eso no está bien.

Finalmente, como el hambre apretaba, cedió. Dio media vuelta, mascullando algo que sólo él podía entender, y se acercó a la cuchara. Toro Pequeño, por su parte, ya se había sentado, con las piernas cruzadas, sobre el trozo de papel que servía de mantel y, con una judía en una mano y un amasijo de huevo en la otra, se estaba poniendo las botas… Boone, al verlo, decidió no perder más tiempo y se puso a comer también.

—¿Pero es que aquí no se bebe café? —se quejó el vaquero al cabo de un rato, después de haber engullido unos cuantos bocados—. ¡Soy incapaz de empezar el día sin una buena taza de café!

A Omri se le había pasado completamente lo del café, pero ya se estaba hartando de que aquella pareja de desagradecidos no hiciera otra cosa que darle órdenes durante todo el santo día. Así pues, se sentó él también a comer lo que sobraba del huevo y dijo, indiferente:

—Pues, mira tú por dónde, hoy vas a tener que empezarlo así, porque resulta que no hay café…

Toro Pequeño terminó de desayunar y se levantó.

—Ahora nosotros luchar —anunció echando mano al cuchillo.

Omri pensó que Boone saldría corriendo, pero no fue así. Se quedó sentado y siguió con sus judías.

—No he terminado todavía —dijo—, y no voy a luchar hasta que no me haya hartado de judías… Si quieres luchar, más vale que te sientes y esperes.

Omri se echó a reír.

—Bien dicho, Boone. Tú, tranquilo, Toro Pequeño. No olvides lo que me has prometido.

Toro Pequeño lanzó un gruñido y volvió a sentarse.

Boone seguía comiendo. Cualquiera se hubiera dado cuenta de que estaba comiendo más de lo que en realidad le apetecía, y todo lo despacio que le era posible, con el único fin de retrasar el momento de levantarse y verse obligado a pelear.

Por fin, y con muy pocas ganas, engulló el último trocito de huevo que quedaba en la cuchara, se limpió las manos en los pantalones y se levantó. Toro Pequeño, al verlo, se puso en pie de un salto. Pero Omri también estaba preparado para lo que pudiera ocurrir.

—Escucha, indio —dijo Boone entonces—. Si tenemos que luchar, lo haremos con toda limpieza. Probablemente tú no entiendas lo que quiere decir esto, pero, lo que es por mí, o se lucha limpio o no se lucha.

—Toro Pequeño luchar limpio, matar limpio y limpiamente arrancar cabellera.

—Tú no vas a arrancar la cabellera a nadie, a menos que la arranques con los dientes.

Por toda respuesta, Toro Pequeño levantó su cuchillo, que, a la luz de la mañana, brillaba amenazador. Omri, con las manos en las rodillas, se mantenía atento a su posible intervención.

—No, si ya veo… Pero no te va a servir de mucho. ¿Y por qué no te va a servir de mucho? Pues porque yo no tengo cuchillo. Yo sólo tengo un revólver, y mi revólver no tiene balas. ¿Y qué me queda? Pues lo único que me quedan son los puños. ¡Ah, y otra cosa! Me queda también esta especie de alucinación —y, al decir esto, sin apartar los ojos del indio en ningún momento, señaló a Omri con la mano—, y te advierto que "él" no quiere ver mi cabellera colgando del cinto de ningún indio. Así que, si quieres luchar, tendrá que ser a puñetazos, cara a cara. ¿Me entiendes, indio? ¡Sin armas! Tú y yo solos. Y entonces se verá si un rostro pálido es capaz o no de dar una soberana paliza a una birria de indio como tú.

Y, saliendo de detrás de la cucharilla, Boone tiró su revólver al suelo y levantó los puños como un boxeador.

Toro Pequeño no daba crédito a lo que oía. Bajó su cuchillo y miró, desconcertado, a Boone. Si había comprendido o no el discurso de Boone, eso era algo que nadie se hubiera atrevido a asegurar, aunque el gesto, por parte del vaquero, de arrojar el revólver al suelo ya era bastante significativo. Cuando Boone, puños en alto, comenzó a dar saltos a su alrededor, y a amagar los primeros golpes contra su cara, Toro Pequeño tensó sus músculos e hizo con el cuchillo como si fuera a atacar. Boone, entonces, dio un salto atrás y maldijo:

—¡Desgraciado! ¡Vas a ver como te eche encima a mi alucinación!

Omri no tuvo que intervenir. Toro Pequeño había comprendido por fin el mensaje. Con gesto airado, arrojó al suelo su cuchillo y se lanzó sobre Boone.

Lo que vino a continuación no fue un combate de boxeo, ni una pelea cuerpo a cuerpo; aquello parecía más bien una guerra sin cuartel entre dos hombres que rodaban por el suelo, se daban puñetazos, se golpeaban con la cabeza... Incluso, en un momento determinado, a Omri le pareció ver que Boone lanzaba un feroz mordisco a su indio, y probablemente así fue, porque, de repente, Toro Pequeño lo soltó y el vaquero escapó rodando como un tonel, hasta que se incorporó de nuevo y, de un salto, como una pantera, se lanzó otra vez contra el indio con los pies por delante.

Toro Pequeño dejó escapar un grito –que sonó algo así como "¡Ooof!"–, agarró a Boone por la cintura y le dio un gran empujón hacia atrás. Después le lanzó un puñado de tierra, que lo alcanzó en plena cara. Aprovechando su desconcierto, Toro Pequeño volvió a la carga y, agitando en el aire sus puños, como si de un hacha de guerra se tratara, se abalanzó sobre el vaquero. Hubo suerte: sólo le dio en la oreja, aunque con tanta fuerza que consiguió derribarlo. Boone, no obstante, al caer, logró darle al indio una patada en el pecho, con lo que éste también se fue al suelo.

Lo que siguió es fácil de imaginar: ambos hombrecitos se vieron de pronto inmovilizados por dos gigantescos dedos.

—¡Bueno, chicos, vale ya! ¡Ya es suficiente! —dijo Omri imitando el tono de su padre cuando éste daba definitivamente por terminada una pelea—. Empatados. Ahora hay que lavarse para ir al colegio.

11. EL COLEGIO

En una tacita del tamaño de media cáscara de huevo, les llevó un poco de agua caliente y un pedacito de jabón para que se lavaran. Toro Pequeño, desnudo de cintura para arriba, no perdió ni un segundo: metió los brazos en la tacita y, cogiendo agua, se frotó bien el pecho y la espalda, salpicando todo a su alrededor. Hacía un gran ruido y parecía divertirse de lo lindo, pero no utilizó para nada el jabón.

Lo de Boone fue diferente. Omri ya se había dado cuenta de que a Boone no le preocupaba demasiado eso de ir limpio y aseado (la verdad es que estaba como si no se hubiera lavado ni afeitado desde hacía varios meses). El vaquero se fue acercando al agua despacito, mirando a Omri de reojo, como para averiguar con cuánta limpieza iba a conformarse aquel gigantón.

—Vamos, Boone, quítate la camisa. No puedes lavarte el cuello con la camisa puesta —razonó Omri imitando a su madre.

Con muy pocas ganas, y haciendo como que tiritaba, Boone se quitó la camisa, pero no así el sombrero.

—Tampoco te vendría mal un buen lavado de cabeza… —añadió Omri.

Boone lo miró, extrañado.

—¿Qué le pasa a mi cabeza? ¿No creerás que voy a lavarme el pelo? ¡Lavarse el pelo no es cosa de hombres!

A cambio, accedió a lavarse las manos con jabón, aunque haciendo tales gestos que cualquiera que lo hubiera visto pensaría que se estaba frotando con la piel de algún animal muerto. Metió luego las manos en el agua, se humedeció un poco la cara y, sin secarse siquiera, intentó ponerse la camisa.

—¡Boone! —gritó Omri—. ¿No has visto a Toro Pequeño? Dices que es un cochino, pero él, por lo menos, sabe lavarse en condiciones. Así que venga, haciendo tú lo mismo. Límpiate bien el cuello y…, ¡ejem!, también debajo de los brazos.

Boone lo miraba ahora francamente horrorizado.

—¿Debajo de los brazos?

—¡Y el pecho! No pensarás que voy a llevarte al colegio con esas pintas, todo sudado…

—¡Maldita sea! ¡No te metas tanto con el sudor! ¿No sabes que es precisamente el sudor lo que nos mantiene limpios?

Después de mucho discutir, Omri consiguió que se lavara un poco más.

—Y algún día tendrás que lavarte la ropa.

Eso ya era demasiado para Boone.

—¡Ni hablar! Jamás lavaré yo mi ropa. No la he lavado desde que la compré. El agua lo estropea todo, echa a perder los pantalones y las camisas… Sin el polvo que cogen y sin nuestro sudor uno andaría siempre helado.

Cuando por fin acabaron de asearse, Omri los metió en su bolsillo y bajó corriendo a desayunar. Estaba muy nervioso. Nunca antes los había paseado así por la casa. Era arriesgado, pero, desde luego, mucho menos arriesgado que llevarlos al colegio. Omri pensaba que desayunar con ellos encima era como una especie de entrenamiento antes de la clase.

De todas formas, en su casa el desayuno solía ser bastante complicado, pues, más o menos, todo el mundo se levantaba de mal humor. Hoy, por ejemplo, Adiel, que no había encontrado su pantalón de deporte, le estaba echando la culpa a todo el mundo. Al mismo tiempo, su madre acababa de descubrir que Gillon, a pesar de lo que había prometido la noche anterior sentado ante la tele, no había terminado sus deberes. Su padre también andaba refunfuñando porque llovía y no podría hacer sus cosas en el jardín…

—Estoy seguro de que lo eché a lavar —se quejaba Adiel.

—Si lo echaste a lavar, entonces lo habré lavado, en cuyo caso estaría de nuevo en tu armario —contestó su madre—. Pero como no lo has echado a lavar, yo no lo he lavado y, lógicamente, no puede estar ahora en tu armario. Y tú, Gillon…

—Sólo es hacer un resumen pequeño, dibujar un castillo y escribir un breve párrafo sobre los átomos —dijo Gillon—. Lo acabaré en el colegio.

—¡Qué día más asqueroso! —murmuró su padre—. Las cebolletas se acabarán pudriendo si no las recojo pronto.

—Gillon, ¿me lo has cogido tú?

—Yo tengo mi pantalón.

—Ayer por la noche me mentiste, Gillon —insistió su madre.

—¡Que no! Lo que dije fue que ya *casi* los había terminado.

—Eso de que ya *casi* no me lo dijiste.

—¡Lo que pasa es que no me entenderías!

—¡Seguro! Claro que, con el ruido que había en la tele, no sería de extrañar…

Omri se comía sus cereales sin decir ni pío. Él estaba a lo suyo, dando vueltas y más vueltas a su secreto. Sin que nadie lo viera, deslizó dos copos de maíz en su bolsillo.

—¡Apostaría a que me lo ha cogido Omri!

Omri levantó la vista.

—¿Coger qué?

—Mi pantalón de deporte.

—¿Y para qué demonios quiero yo tu pantalón de deporte?

—¡Pues para hacer alguna gracia de las tuyas! —contestó Adiel.

No le faltaban motivos. A Omri de vez en cuando le daba por esconder las cosas de sus hermanos para vengarse de ellos cuando se ponían especialmente insoportables.

En esta ocasión, sin embargo, Omri estaba libre de toda culpa, y se sintió muy ofendido.

—¡No seas imbécil! —le espetó.

—Así que fuiste tú —concluyó Adiel con aires de triunfo.

—Yo no he sido.

—Te has puesto colorado…

—¡Te juro que yo no he sido!

—A lo mejor lo tienes debajo de tu cama —dijo la madre a Adiel—. Vete a ver.

—Ya he mirado. ¡He mirado por todas partes!

—¡Dios mío! ¡Ahora se pone a granizar! ¡Este tiempo echará a perder mis manzanos! —seguía refunfuñando su padre.

En medio de aquel concierto de lamentos –ante la fundada posibilidad de quedarse sin manzanas en el invierno– y las correspondientes exclamaciones acerca del enorme tamaño de los pedriscos, Omri aprovechó la ocasión: se enfundó el abrigo y salió corriendo hacia el colegio, sorteando como podía la granizada. A medio camino se detuvo, poniéndose a cubierto bajo un árbol, y sacó a los dos hombrecitos del bolsillo para mostrarles un pedazo de hielo, que para ellos sería, aproximadamente, del tamaño de un balón de fútbol.

—Cuando lleguemos al colegio —les dijo—, debéis quedaros muy quietos. Os pondré a cada uno en un bolsillo porque no me fío de vosotros. No quiero que empecéis a luchar o a pelearos por cualquier motivo. Si alguien os ve, no sé lo que podría pasar…

—¿Peligro? —preguntó Toro Pequeño con los ojos brillantes de emoción.

—Sí, pero no de muerte. Pudiera suceder que alguien os robe y entonces ya nunca más podríais volver a vuestro propio tiempo.

—O sea, que ya nunca lograríamos despertar de esta pesadilla de borrachos —dijo Boone.

Toro Pequeño lo miró pensativo.

—Nuestro tiempo —musitó—. ¡Qué magia tan extraña!

Omri nunca había ido con tanto miedo a clase, ni siquiera los días de examen. Pero al mismo tiempo se sentía enormemente emocionado. Una vez había llevado un hámster blanco metido en el bolso de la chaqueta. Había planeado hacer mil travesuras con él, como, por ejemplo, metérselo por la pernera del pantalón al profesor, o por la espalda a una compañera, o simplemente dejarlo en el suelo para que corriera de un lado para otro y organizar el cisco padre... (Al final no había hecho nada de todo esto, excepto dejarle asomar la cabeza para que sus compañeros se rieran un rato.) Esta vez, sin embargo, no tenía preparado ningún plan. Todo lo que quería era volver a casa al final del día sin que nadie se hubiera dado cuenta de lo que llevaba en los bolsillos.

Patrick lo estaba esperando a la puerta.

—¿Lo has traído?

—Sí.

Sus ojos se iluminaron.

—¡Dámelo! ¡Lo quiero ya!

—De acuerdo, pero antes tienes que prometerme que no se lo enseñarás a *nadie*.

Omri metió la mano en su bolsillo derecho y, con mucho cuidado, cogió a Boone y se lo pasó a Patrick.

En ese mismo instante comenzaron a complicarse las cosas.

Una chica bastante tonta, llamada April, que justamente pasaba por allí en ese momento, se acercó a Patrick:

—¿Qué tienes ahí? ¿Qué te ha dado Omri? —preguntó con una vocecita muy parecida al graznido de un cuervo.

Patrick se puso todo colorado.

—¡Nada! ¡Lárgate de aquí! —dijo.

April se puso entonces a gritar, señalándolo con el dedo.

—¡Patrick se ha puesto colo–rado! ¡Patrick se ha puesto colo–rado!

Los niños se fueron acercando para ver qué pasaba y, al cabo de unos minutos, Patrick y Omri se encontraron rodeados por todas partes.

—¿Qué ha cogido? ¡Debe de ser algo horroroso!

—¿Qué te apuestas a que es un sapo?

—No, seguro que es un gusano.

—No, debe de ser un escarabajo.

—¡Un escarabajo como él!

Omri sentía que la sangre se le iba subiendo a la cabeza. Le hubiera gustado machacarlos allí mismo uno a uno, o, mejor, todos a la vez (Bruce Lee acabando con toda la banda de enemigos de un golpe). Podía verlos, con toda claridad, rodando escaleras abajo, a golpes de sus resplandecientes puños y de sus no menos resplandecientes pies.

Lo más que pudo hacer, sin embargo, fue bajar la cabeza, manteniendo su mano cuidadosamente ahuecada sobre el bolsillo izquierdo, y escabullirse como pudo de aquel círculo infernal. No obstante, al salir, aún se las arregló para atizarle a uno un buen golpe en el estómago, y sentir con ello una mínima satisfacción. Patrick lo seguía pegado a sus talones. Tras cruzar el patio, consiguieron por fin alcanzar la puerta de entrada, que justamente, y por suerte, acababa de abrirse en ese momento.

Una vez dentro, se sintieron relativamente a salvo. Allí había un montón de profesores, y cualquier clase de discusión o de pelea, sobre todo de peleas ruidosas, estaba absolutamente prohibida. Patrick y Omri se dirigieron lentamente a sus sitios y se sentaron, tratando de aparentar una perfecta calma para no llamar la atención de la profesora. Pero su agitada respiración acabó por delatarlos.

—¡Eh, vosotros dos! ¿Qué os pasa? ¿Habéis venido corriendo?

Se miraron en silencio y, los dos a un tiempo, asintieron con la cabeza.

—¡Mientras no os hayáis peleado…! —dijo reprendiéndolos con la mirada. (Era una profesora que se creía que cualquier pelea de nada ya era la antesala del crimen…)

En fin, se puede decir que ni Omri ni Patrick hicieron gran cosa aquella mañana. Eran incapaces de concentrarse. Sólo podían pensar en los pasajeros que llevaban en el bolsillo. Unos pasajeros, por cierto, muy inquietos, sobre todo Toro Pequeño. Boone era algo más tranquilo; pegaba de vez en cuando sus cabezaditas, y cuando se despertaba, sobresaltado, ponía la mar de nervioso a Patrick. Toro Pequeño, en cambio, no paraba ni un momento.

Fue precisamente en la tercera hora, cuando se encontraban en el salón de actos escuchando el discurso del Sr. Johnson, el director, sobre la fiesta de fin de año, cuando Toro Pequeño se aburrió y decidió pasar directamente a la acción.

Omri sintió un pinchazo a la altura de la cadera, como si le hubiera picado un mosquito. Al principio, el muy tonto creyó que sería una hormiga o una avispa que se le habría metido entre la ropa, y a punto estuvo de darle un manotazo para aplastarla. Poco después sintió otro pinchazo bastante más fuerte que el anterior. En realidad, fue tan fuerte que le hizo soltar un pequeño grito casi sin querer.

—¿Qué ha sido eso? ¿Quién ha gritado? —preguntó, irritado, el Sr. Johnson.

Omri no contestó, pero las chicas que tenía al lado comenzaron a mirarle y a cuchichear entre ellas.

—¿Has sido tú, Omri?

—Sí, lo siento; es que me ha picado algo.

—Patrick, ¿has picado a Omri con el lapicero?

(Algo, por cierto, bastante frecuente cuando se aburrían.)

—No, Sr. Johnson.

—Bueno, ¡estaos quietos mientras yo hable!

Otro pinchazo, y esta vez Toro Pequeño iba en serio: dejó el cuchillo clavado en el muslo de Omri.

—¡Aggg…! —gritó Omri levantándose de un salto.

—¡Omri, Patrick, fuera!

—Pero si yo… —protestó Patrick.

—¡Fuera he dicho! —gritó furioso el Sr. Johnson.

Salieron. Patrick andando normalmente, y Omri, a pequeños saltitos, como una mosca por una plancha caliente.

"¡Ay, Ay…! ¡Ujjj…!", gritaba a cada paso, mientras Toro Pequeño le hundía el microscópico cuchillo en el muslo. Cuando por fin llegaron a la puerta, la clase en pleno se estaba mondando de risa (excepto, claro está, el Sr. Johnson, que se mondaba de rabia).

Una vez fuera, echaron a correr (bueno, en realidad el que corría era Patrick; Omri daba unos saltos muy extraños) y no pararon hasta llegar al otro extremo del patio. En plena carrera, Omri metió la mano en el bolsillo y consiguió sujetar a Toro Pequeño, que por fin retiró el cuchillo. El dolor cesó.

A salvo en un rincón, detrás de un seto, Omri elevó a su torturador hasta la altura de los ojos y lo agitó violentamente, como cuando uno agita un frasco de medicina. Le llamó de todo. Cuando por fin agotó los insultos (su tiempo, por cierto, le llevó), preguntó entre dientes (estilo Sr. Johnson):

—¿Qué significa esto? ¿Cómo te atreves a clavarme tu cuchillo?

—Toro Pequeño atreverse porque Omri dejar a oscuras muchas horas. Toro Pequeño querer ver colegio, no morir de calor en oscuridad. ¡No respirar, no ver! ¡Toro Pequeño querer *divertirse*!

—Ya te advertí lo que pasaría. ¡Fuiste tú el que me pidió que te trajera! ¡No haces más que dar problemas!

Toro Pequeño seguía enfadado, pero dejó de gritar. Omri, tomando este silencio como señal de posible tregua, se calmó también un poco.

—Escúchame bien: no puedo dejarte ver nada porque no puedo sacarte del bolsillo. No tienes ni idea de lo que podría ocurrir si lo hiciera. Si cualquiera de los otros niños te ve, querrá cogerte y tocarte, eso que tú tanto odias… Además, sería terriblemente peligroso, porque al final terminarían por hacerte daño o matarte. *Tienes* que estarte quieto hasta que terminen las clases. Lo siento si te aburres, pero tú te lo has buscado.

Toro Pequeño se lo pensó un instante y luego dijo algo absolutamente impensable:

—Querer a Boone.

—¿Qué? ¿A tu enemigo?

—Mejor enemigo que seguir solo en oscuridad.

Patrick había sacado también a Boone. El vaquero estaba sentado en la palma de su mano. Se miraron el uno al otro.

—Boone, Toro Pequeño dice que quiere estar contigo porque se aburre… —le explicó Omri.

—¡Vaya! ¡Tiene gracia la cosa! —exclamó, sarcástico, el vaquero—. Primero quiere matarme y ahora se pone cariñoso. ¡Escucha, indio! —gritó entonces el vaquero para hacerse oír desde las manos de Patrick hasta las de Omri—. Me importa un bledo si te encuentras solo, y me importa otro bledo si te mueres… El único indio bueno es el indio muerto, ¿entiendes?

Toro Pequeño volvió orgullosamente la cabeza

—Creo que él también se encuentra solo —susurró entonces Patrick—. Me parece que ha estado llorando.

—¡Oh, no! ¡Por favor, Boone, otra vez no…! A tu edad, ¿no crees que…?

En ese momento oyeron la voz de su profesora.

—¡Vosotros dos, vamos, que no tenéis todo el día de vacaciones!

—Dame tu cuchillo —ordenó Omri a Toro Pequeño en un repentino impulso— y os pondré juntos.

Sin dudarlo apenas, Toro Pequeño le entregó el cuchillo. Omri lo guardó en el bolsillo de la camisa para que no se perdiera y dijo a Patrick:

—Pásame a Boone.

—¡No!

—Sólo durante esta clase; luego, en el recreo, yo te paso a ti los dos. Así se harán compañía. No creo que se hagan mucho daño si los metemos a los dos juntos en un bolsillo, ¿no te parece?

Patrick le dejó a Boone un tanto receloso. Omri cogió a cada uno en una mano y los mantuvo durante unos segundos frente a frente.

—Pórtense bien. Procuren charlar amistosamente en lugar de pelearse. Pero, hagan lo que hagan, que no se les oiga en absoluto.

Y, diciendo esto, los guardó en su bolsillo izquierdo, y él y Patrick volvieron corriendo a clase.

12. PROBLEMAS CON LA AUTORIDAD

El resto de la mañana transcurrió sin mayores sobresaltos. Omri, incluso, consiguió acabar sus ejercicios de matemáticas. Cuando los primeros olores de la comida llegaron al aula, Omri se estaba felicitando a sí mismo por la idea tan genial que había tenido de colocar a los dos hombrecitos juntos. No había vuelto a echarles un vistazo, y, aprovechando que el profesor estaba ahora de espaldas, abrió el bolso para ver lo que hacían. Les encontró sentados, uno frente al otro, y al parecer muy entretenidos charlando de sus cosas. Hacían gestos con los brazos, pero no podía oír lo que decían porque había mucho ruido dentro de la clase.

Omri ya había previsto qué hacer con ellos a la hora de la comida: volvería a separarlos, uno en cada bolsillo, y les iría pasando algún trocito de comida a escondidas. Se puso a fantasear con la posibilidad de que los demás chicos conocieran su secreto, y se imaginó la cara que pondrían si, de repente, los sacaba y los sentaba a los dos en el borde del plato... Resultaba gracioso, pero eso era exactamente lo que hubiera hecho una semana antes, sin pensar siquiera en las consecuencias.

Oyó sonar la campana. Tras la acostumbrada estampida, Omri se encontró con Patrick en la fila.

—¡Venga, dámelos de una vez! —le susurró Patrick por encima de la bandeja mientras se dirigían hacia la ventanilla donde repartían la comida.

—No, *ahora* no; podrían vernos.

—Dijiste que a la hora de la comida.

—No; dije *después* de la comida.

—*Ahora*. Quiero darles yo de comer.

—Bueno, te pasaré a Boone. A Toro Pequeño le daré yo de comer.

—Dijiste que me dejarías a los dos —replicó Patrick levantando la voz, con lo que varias cabezas se volvieron para mirar.

—¡Cállate!

—¡No! —dijo Patrick—. ¡No me callaré!

Y tendió la mano.

Omri se sintió atrapado y furioso al mismo tiempo. Miró fijamente a Patrick y se dio cuenta de lo que puede ocurrir cuando uno quiere algo y está absolutamente decidido a conseguirlo. Omri, pues, depositó su bandeja en el suelo, agarró a Patrick por la muñeca y lo sacó de la fila para llevárselo a un rincón del pasillo.

—Escucha —le rechinaban los dientes de rabia—. Si le ocurre algo a Toro Pequeño, te doy una leche que te saco los dientes por el cogote. (Amenaza que hasta el más encantador de tus amigos es capaz de soltar si se siente atrapado en una ratonera.)

Y, diciendo esto, hurgó en su bolsillo hasta que encontró a los dos hombrecitos. Los sacó y se los entregó sin mirarlos siquiera. Omri se limitó a depositarlos con sumo cuidado en las extendidas manos de Patrick. Después dio media vuelta y se fue.

Como ya se le habían quitado las ganas de comer Omri no regresó a la fila; pero Patrick sí. Incluso llegó a colarse, de tantas ganas como tenía de ver comer al vaquero y al indio. Omri, desde lejos, lo observaba. Ahora se daba cuenta de que tenía que haberle dado algunas instrucciones a Patrick, en lugar de haberse puesto hecho una furia. Por ejemplo, la conveniencia de separarlos, o, acaso, no darles de comer dentro del bolsillo, porque ¿a quién le apetece comer así, entre dos piezas de tela y rodeado de pelusilla y de polvo? Si los tuviera él, los llevaría a algún otro sitio, a un sitio decente para que pudieran comer con tranquilidad. ¿Por qué había tenido que traerlos? El riesgo era enorme.

De repente se puso rígido. Por fin le había tocado la vez a Patrick. Con la comida en la bandeja, se dirigió casi corriendo hacia la mesa. Por lo visto, quería coger sitio en una que había al lado de la ventana, pero una de las camareras le obligó a sentarse en otra, justo en el centro del comedor. Estaba rodeado de gente por todos los lados. "Supongo," pensó Omri, "que no se le ocurrirá darles de comer ahí".

En ese momento vio cómo Patrick cogía una miga de pan y la introducía en el bolsillo de su pantalón. (No llevaba chaqueta y había metido a los hombrecitos en un bolsillo del pantalón.) Afortunadamente, el pantalón era nuevo y bastante amplio; aun así, tuvo que incorporarse un poco para poder meter el trocito de pan. Al sentarse, los pasajeros quedarían de nuevo comprimidos contra su muslo. Omri los imaginaba intentando comer, aplastados entre dos pedazos de tela como hojas de lechuga dentro de un sándwich. Probablemente Patrick se estuviera imaginando lo mismo, pues no hacía más que moverse y levantarse de su asiento. La chica de al lado debió de decirle algo, seguramente que se estuviera quieto, y Patrick la mandó a freír espárragos. Omri contuvo el aliento. ¡Ojalá Patrick no se empeñara en seguir llamando tanto la atención!

De repente lanzó un grito sofocado. La chica le había dado un empujón y Patrick, a punto de caer de la silla, contestó con otro. Entonces ella se levantó y volvió a empujarlo con todas sus fuerzas. Patrick cayó hacia atrás, golpeando sin querer al chico de al lado, quien, a su vez, se tambaleó y derramó parte de su comida sobre la mesa. Patrick se fue finalmente al suelo.

Omri no lo dudó un segundo. Echó a correr hacia su amigo sorteando las mesas que encontraba en su camino. Temblaba de miedo. ¡Y si Patrick había caído encima de ellos! Una horrible visión se le cruzó de repente: ¡el bolsillo del pantalón de Patrick con unas manchas de sangre! Intentó borrarla inmediatamente de su imaginación.

Cuando llegó al lado de Patrick, éste ya se había levantado, pero ahora el que buscaba pelea era el chico de la comida derramada. La chica, por su parte, también estaba preparada para intervenir de nuevo si era preciso. Omri se abrió paso entre los dos, pero, al momento, una corpulenta camarera se interpuso en su camino.

—¡Eh, eh! ¿Qué está pasando aquí? —preguntó apoderándose enseguida de la situación con su gran estómago y sus poderosos brazos.

Con una mano agarró a Patrick, y con la otra al otro chaval, y, sosteniéndolos a distancia, los zarandeaba mientras decía:

—Y ahora van a hacer ustedes el favor de sentarse, ¿verdad? Eso es, muchas gracias. Y si vuelven a las andadas, avisaré inmediatamente al director.

Los dejó caer a cada uno en una silla exactamente igual que si hubiera dejado caer un par de bolsas de la compra. Los dos estaban completamente rojos. Omri dirigió la mirada hacia la pernera del pantalón de Patrick. ¡Ni rastro de sangre! No se advertía ningún movimiento, pero por lo menos no había sangre.

Todo el mundo se puso a comer de nuevo mientras la camarera, haciendo gestos de desaprobación y disgusto, se alejaba por uno de los pasillos. Omri se inclinó sobre el respaldo de la silla de Patrick y, con la boca seca, le susurró al oído:

—¿Están bien?

—¡Y yo qué sé! —contestó Patrick de malos modos, al tiempo que comprobaba disimuladamente los bultitos del bolsillo; Omri contuvo el aliento—. Sí, parece que sí; por lo menos se mueven.

Omri salió al patio. Estaba demasiado nervioso como para seguir allí dentro. ¿Cómo conseguiría que Patrick le devolviera a los hombrecitos? Por muy buen amigo que fuese, estaba visto que no era el más indicado para cuidar de ellos. No se tomaba aquello en serio; no parecía entender, en una palabra, que eran dos seres humanos de verdad.

Cuando sonó la campana para volver a clase, Omri todavía no había tomado ninguna determinación. Entró corriendo en el aula. Pero Patrick no estaba. A lo mejor había ido al servicio para encerrarse allí y darles algo de comer. Omri fue hasta los servicios y lo llamó en voz baja, pero allí tampoco estaba. Volvió entonces al aula: ni rastro. Y así siguió, sin poder contener los nervios y totalmente ajeno a las explicaciones, hasta la mitad de una hora que se le hizo eterna; es decir, hasta el momento en que Patrick, aprovechando que la profesora se había vuelto de espaldas, entró de puntillas en el aula, avanzó sigiloso hasta su sitio y se dejó caer en la silla.

—¿Dónde *demonios* has estado? —le preguntó inmediatamente Omri, al borde del infarto.

—En la sala de música —respondió Patrick con aires de suficiencia.

La sala de música no era exactamente una sala, sino una especie de cuarto pegado al gimnasio donde se guardaban los instrumentos de música y algunos aparatos.

—Me escondí debajo del potro para darles de comer —explicó por la comisura izquierda de la boca—. Pero no tenían mucha hambre.

—¡No me extraña! —suspiró Omri—. ¡Después de todo lo que han pasado!

—Los vaqueros y los indios están acostumbrados a la vida difícil —replicó Patrick—. Además, les he dejado algo de comida en el bolsillo por si les apetece luego.

—Pues se va a despachurrar toda…

—Bueno, ¿y qué? ¡No sé por qué te preocupas tanto, si a ellos les da lo mismo!

—¿Y cómo sabes tú si a ellos les da lo mismo? —preguntó Omri furioso y elevando el tono de voz.

La profesora se dio la vuelta.

—¡Vaya, hombre! ¿Ya estamos aquí, eh, Patrick? ¿Se puede saber de dónde vienes?

—Lo siento Srta. Hilton.

—No te he preguntado si lo sientes o no; te he preguntado de dónde vienes.

Patrick tosió ligeramente y bajó la cabeza.

—Del servicio.

—¿Veinte minutos en el servicio? ¡No te creo! ¡Dime la verdad!

Patrick farfulló algo.

—Patrick, contesta o vas al director.

No podía haber peor amenaza. El director era un ogro, así que más valía que cantase.

—De la sala de música. Es la verdad. No me di cuenta de la hora.

—¡Eso es mentira! —dijo Omri por los bajinis.

Y como la Srta. Hilton no era tonta, tampoco se lo creyó.

—Será mejor que vayas a ver a Sr. Johnson —concluyó la profesora—. Y tú también, Omri; vete con él. Decidle que os habéis pasado todo el santo día hablando y dando la lata, y que ya me tenéis harta.

Se levantaron en silencio y se abrieron paso entre las mesas. Las niñas se reían de ellos, y los chicos se burlaban o ponían cara de pena, dependiendo de si eran o no sus amigos.

Al llegar a la puerta del despacho del director, se miraron mutuamente:

—Llama tú —susurró Omri.

—No, tú —replicó Patrick.

Tras dudar unos minutos, llegaron a la conclusión de que era inútil retrasarlo y llamaron los dos a la vez.

—¿Sí? —contestó desde dentro una voz nada agradable.

Se quedaron en la puerta. El Sr. Johnson estaba sentado detrás de su enorme mesa de despacho, consultando unos papeles. El director levantó la vista enseguida.

—¿Otra vez los dos? ¿Y qué pasa ahora? ¿Pelea en el patio? ¿De cháchara en clase?

—De… de cháchara —contestaron los dos a un tiempo; luego Patrick añadió—: Yo llegué tarde.

—¿Por qué?

—Pues porque… porque…

—¡Vamos, no me hagas perder el tiempo! —apremió el Sr. Johnson—. Dime de una vez por qué.

—Estaba en la sala de música y se me olvidó mirar el reloj.

—No sabía yo que tenías tanta afición por la música… ¿Y qué estabas haciendo en la sala de música?

—Tocando.

—¿Qué instrumento? —preguntó el Sr. Johnson con evidente sarcasmo.

—Bueno… simplemente tocando.

—Pero tocando *¿qué?* —insistió el director levantando el tono de voz

—Pues un…, con un…

Y miró a Omri, que en ese momento le hizo un gesto de advertencia y de dolor repentino.

—¿Por qué has puesto esa cara, Omri? ¡Cualquiera diría que alguien te ha clavado un cuchillo!

A Omri le dio la risa y entonces Patrick se lanzó.

—¡Eso… eso es exactamente lo que ha ocurrido! —balbuceó Patrick.

El Sr. Johnson no estaba para bromas. Frunció el ceño y bramó:

—¿De qué estás hablando, cosa tonta? ¡Y deja de hacer ese estúpido ruido!

Pero Patrick se ahogaba de risa y no podía contenerse. Si no hubieran estado donde estaban, pensó Omri, se hubiera desfondado por completo.

—Alguien… lo hizo… Le clavó… un cuchillo —repitió como con una especie de hipo—. Alguien muy pequeño…

Y su voz se cortó.

Omri había dejado de reírse y, presa de un terrible presentimiento, clavó sus ojos en Patrick. Cuando éste se ponía así, era capaz de hacer o de decir cualquier cosa, como si estuviera borracho. Lo agarró del brazo y lo sacudió con fuerza.

—¡Cá–lla–te! —le ordenó en voz baja.

El Sr. Johnson se levantó y, lentamente, salió de detrás del escritorio. Los dos niños dieron un paso atrás, pero Patrick no dejó de reírse. Al contrario, si trataba de aguantarse, se ponía mucho peor. Parecía haber perdido todo control sobre sí mismo. El Sr. Johnson se inclinó y lo agarró por los hombros.

—Escucha, hijo mío —dijo en tono intimidatorio—. Quiero que te tranquilices y que me expliques qué has querido decir. Si alguien, dentro de este colegio, se atreve a ir por ahí pinchando a la gente con un cuchillo, o lo intenta tan siquiera, ¡quiero saberlo inmediatamente! Así que dime, ¿quién fue?

—Toro… Pequeño —consiguió articular Patrick.

Lágrimas de risa le resbalaban por las mejillas.

—¡Basta ya! —le suplicó Omri con voz entrecortada.

—¿Quién has dicho? —preguntó el Sr. Johnson, completamente desconcertado.

Patrick no contestó. No podía. Se había quedado sin voz, presa de una risa casi histérica.

Entonces el Sr. Johnson lo sacudió por los hombros hacia delante y hacia atrás como si fuera un pelele de feria, de esos que tienen un peso en los pies y nunca acaban de caerse del todo. Después lo soltó bruscamente y volvió a su escritorio.

—Al parecer no hay forma de entendernos —dijo muy serio—. Lo único que ahora puedo hacer es hablar con tu padre…

Patrick dejó de reírse al instante.

—¡Vaya, eso está mejor! —dijo el Sr. Johnson—. Ahora contesta, ¿quién apuñaló a Omri?

Patrick se puso rígido, firme como un soldado. No miraba a Omri, sólo al Sr. Johnson.

—Dime la verdad, Patrick, ¡ahora mismo!

—Toro Pequeño —dijo claramente Patrick con un tono de voz dos o tres veces más alto de lo normal.

—Toro ¿qué?

—Pequeño.

El Sr. Johnson seguía sin entender nada (lo cual no era de extrañar, dadas las circunstancias) y volvió a preguntar:

—¿Eso es un apodo o una broma que te acabas de inventar?

Patrick sacudió la cabeza. Omri lo miraba como paralizado de pies a cabeza. ¿Lo diría? Él sabía que Patrick tenía miedo a su padre.

—Te lo preguntaré una vez más, Patrick. ¿Quién es ese… Toro Pequeño?

Patrick abrió la boca. Omri apretó los dientes; no podía hacer otra cosa. Patrick dijo:

—Es un indio.

—¿Un qué? —preguntó el Sr. Johnson de nuevo.

Su voz sonaba ahora muy tranquila y ya no parecía enfadado.

—Un indio.

El Sr. Johnson, sosteniéndose la barbilla con la mano, lo miraba incrédulo.

—¿No te parece que ya eres un poco mayorcito para andar con estas mentiras? —le reprochó suavemente.

—¡No son mentiras! —gritó Patrick, asustando tanto a Omri como al Sr. Johnson—. ¡No son mentiras! ¡Es un indio de verdad!

Entonces Omri vio, atónito, como Patrick se echaba a llorar. El Sr. Johnson también lo vio. En realidad, el director no era un mal hombre. Todo director de colegio que se precie intimida de vez en cuando a los alumnos, pero de eso a hacerles llorar…

—¡Vamos, Patrick, eso no! —trató de calmarlo.

Pero Patrick entendió mal. Creyó que insistía en que no se creía nada de lo que estaba diciendo. Y entonces Patrick pronunció las palabras, esas palabras que Omri tanto había temido:

—¡Es verdad y además puedo demostrarlo!

Y metió la mano en el bolsillo.

Omri hizo lo único que podía hacer: pegó un salto y lo tiró al suelo. Se sentó encima de su pecho y le sujetó las manos con todas sus fuerzas.

—¡No te atreverás! ¡No te atreverás! —rechinó antes de que el Sr. Johnson consiguiera separarlos.

—¡Omri fuera de aquí inmediatamente!

—¡No me iré! —consiguió articular Omri, a punto también de echarse a llorar de pura desesperación.

—¡Fuera!

Omri sintió que lo agarraban por el cuello y lo levantaban en vilo. Acto seguido, se encontró fuera de la habitación y oyó cómo el Sr. Johnson cerraba la puerta con llave.

Como un loco, comenzó a dar patadas a la puerta y a golpearla con los puños.

—¡No se lo enseñes, Patrick! ¡No se te ocurra enseñárselo! ¡Te mataré si lo haces! —gritaba desesperado.

Se oyeron los pasos de alguien que venía corriendo por el pasillo. A través de las lágrimas y de una especie de neblina roja, Omri pudo ver cómo la Sra. Hunt, la secretaria del director, se inclinaba hacia él. Aún consiguió dar otro par de patadas antes de que ésta lo inmovilizara y, pataleando y retorciéndose, lograra arrastrarlo a su oficina.

En cuanto lo soltó, Omri intentó escapar de nuevo, pero la Sra. Hunt volvió a sujetarlo fuertemente.

—¡Omri! ¡Omri, quieto! ¡Cálmate! ¿Qué te pasa? ¡Por favor, cálmate!

—¡No se lo permitan! ¡Hagan algo! ¡Deténganlo! —gritaba Omri.

—Pero ¿a quién hay que detener?

Antes de que pudiera volver a articular una sola palabra, Omri sintió pasos en la habitación de al lado. De pronto, apareció el Sr. Johnson llevando a Patrick por el hombro. Boquiabierto y con la cara blanca como la cera, el rostro del director era la viva imagen del estupor y de la incredulidad. Patrick, por su parte, iba con la cabeza gacha y los hombros sacudidos por los sollozos. Nada más verlo, Omri supo que había sucedido lo peor: Patrick había enseñado las *pruebas* al director.

13. ARTE Y DENUNCIA

El Sr. Johnson abrió y cerró la boca varias veces antes de poder emitir sonido alguno. Por fin consiguió articular algo:

—Sra. Hunt…, me temo que no me encuentro muy bien… Me iré a casa a meterme en la cama… ¿Sería usted tan amable de hacerse cargo de este niño…?

Y su voz se quebró en una especie de murmullo, como la de un hombre muy viejo.

Omri sólo pudo oír algo así como "…que vuelvan a clase". Después el Sr. Johnson soltó a Patrick, se dio media vuelta y, tambaleándose, se dirigió a la puerta y se apoyó en el picaporte, como si se fuera a caer.

—¡Sr. Johnson! —gritó la Sra. Hunt, alarmada—. ¿Quiere que llame un taxi?

—No, no… Estoy bien…

Y, sin ni siquiera volver la vista atrás, el director salió al pasillo.

—¡Vaya, vaya…! —exclamó la Sra. Hunt—. ¿Se puede saber qué le habéis hecho al pobre hombre?

Ninguno de los dos contestó. Omri miraba a Patrick, o, mejor dicho, al bolsillo de su pantalón. Los hombros de Patrick seguían temblando, y éste no miraba a nadie. La Sra. Hunt parecía desconcertada.

—¡Está bien! Creo que los dos deberíais ir al servicio a lavaros la cara antes de regresar a clase. ¡Vamos, deprisa! —exclamó con su tonillo un tanto anticuado.

No hizo falta que se lo repitieran. Ninguno de los dos pronunció palabra hasta llegar al servicio. Patrick fue derecho al lavabo y abrió el agua fría. Se echó un poco en la cara... y todo lo demás por el cuello de la camisa. Omri seguía mirándolo sin hablar. Estaba claro que Patrick se sentía tan apesadumbrado como Omri. Una vez más Omri tuvo la impresión de que su amistad estaba a punto de romperse. Dejó escapar un largo suspiro.

—Se los enseñaste, claro... —dijo por fin con voz temblorosa.

Patrick no contestó. Se secó la cara con la toalla. Seguía hipando, como suele pasar cuando uno ha estado mucho tiempo llorando.

—Devuélvemelos. Los dos.

Patrick introdujo la mano lentamente en el bolsillo. Y la sacó cerrada. Omri vio cómo, poco a poco, abría los dedos. Toro Pequeño y Boone estaban allí, sentados y completamente aterrorizados. Se habían abrazado. Toro Pequeño, incluso, se tapaba la cara. Los dos estaban temblando.

Con infinita suavidad y cuidado, para no asustarlos, Omri los tomó entre sus manos.

—Tranquilos, tranquilos, no pasa nada.

Los guardó en su bolsillo y, dirigiéndose a Patrick, en voz baja le dijo:

—¡Imbécil! ¡Maldito idiota!

Patrick se volvió. Su cara impresionó a Omri aún más que la del Sr. Johnson: blanca con manchas rojas y los ojos hinchados.

—¡Tuve que hacerlo! —trató de excusarse—. ¡Tuve que hacerlo! Si no, habría telefoneado a mi padre y al final hubiera tenido que decirlo igual. Además, no pudo creer lo que estaba viendo. Pensó que eran alucinaciones suyas, que estaba viendo cosas raras. Se quedó allí, quieto, mirándolos con la boca abierta. Ni siquiera los tocó. Cuando se movieron, pegó un grito y creí que se iba a caer de espaldas. Se puso blanco como un fantasma. Ya lo has visto. ¡No creía lo que estaba viendo! ¡Te lo juro, Omri! Pensó que estaba soñando.

Omri lo miraba sin compasión.

—¿Puedo... puedo quedarme con Boone? —pidió Patrick en voz baja.

—No.

—¡Por favor! ¡Siento lo que ha pasado! Ya te lo he dicho, ¡no podía hacer otra cosa!

—Contigo no están seguros. Tú *los utilizas*. Pero son personas. Y a las personas no se las utiliza.

Patrick no volvió a pedírselo. Lanzó un hipido más y se fueron.

Omri sacó a los hombrecitos del bolsillo y les puso delante de su cara. Boone estaba tumbado de espaldas, con el gorro calado hasta las orejas y tapándose los ojos como si con eso pudiera aislarse del mundo entero. Toro Pequeño estaba de pie.

—Hombre grande gritar. ¡Dar miedo! —protestó enfadado—. Orejas pequeñas. Mucho ruido. No bueno.

—Lo sé. Y lo siento mucho —dijo Omri—. Pero ya pasó todo. Os llevaré a casa.

—Y de mujer, ¿qué?

¡La promesa! ¡La había olvidado por completo! ¡Otro indio! Otra personita de quien ocuparse... Omri había oído hablar de que a algunos el pelo se les volvía completamente blanco con las preocupaciones, y pensó que, de un momento a otro, a él le podía ocurrir algo parecido. Recordó que hacía tan sólo unos días, cuando todo esto estaba comenzando, creía que se lo iba a pasar en grande. Y ahora empezaba a darse cuenta de que todo aquello era más bien una pesadilla.

Pero Toro Pequeño seguía mirándolo desafiante. Le había prometido una mujer.

—De acuerdo. Cuando terminen las clases, iremos a la tienda.

Todavía quedaba una hora. Afortunadamente, era de Dibujo. En clase de Dibujo podías irte a un rincón e incluso sentarte, si te apetecía, de espaldas al profesor. Omri buscó el rincón más oscuro, el más alejado.

—Omri, no te sientes a dibujar ahí —le advirtió la profesora—. Hay sombra y eso es malo para los ojos.

—Voy a dibujar algo bastante grande, así que no importa —contestó Omri.

Los demás se sentaban al lado de los grandes ventanales. Él, en cambio, había buscado la penumbra, y desde allí, además, podría oír los pasos de la profesora sobre la tarima si ésta se acercaba. De repente se le pasó por la mente que debía –simplemente *debía*– sacar algún provecho de su situación. Con cuidado, repescó en su bolsillo a Toro Pequeño y a Boone. Y los colocó a ambos sobre la hoja de papel, igual que si estuvieran sobre una pradera cubierta de nieve. Los dos hombrecitos echaron un vistazo a su alrededor.

—¿Ser esto escuela? —preguntó Toro Pequeño.

—Sí. ¡Chissst…!

—Pues no se parece a la mía —exclamó Boone—. ¿Dónde están las filas de pupitres y los pizarrines? ¿Por qué no habla el profesor?

—Estamos en clase de Dibujo y podemos sentarnos donde nos dé la gana. Además, ella, la profesora, no habla demasiado y nos suele dejar que trabajemos tranquilamente —les explicó Omri hablando tan bajo como le era posible.

—Conque Dibujo, ¿eh? —suspiró encantado Boone—. Eso era lo que a mí más me gustaba en la escuela. Siempre sacaba las mejores notas en Dibujo. Yo era el mejor. Todavía hoy soy capaz de dibujar un buen paisaje si me lo propongo. Nadie de los que hay aquí podría reírse de mis dibujos.

Y, diciendo esto, metió la mano en el bolsillo de su pantalón y sacó un lapicero tan minúsculo que apenas se veía.

—¿Quieres que dibuje algo en este papel?

Omri asintió. Entonces Boone se desplazó hasta el centro de la hoja y, desde allí, contempló la vasta extensión de papel que se extendía ante sus ojos. Dio un suspiro de satisfacción, se arrodilló y comenzó a dibujar.

Toro Pequeño y Omri se dispusieron a mirar cómo lo hacía. De la punta microscópica de aquel lapicero surgió entonces un paisaje extraordinario. Era una pradera con colinas, cactus y unos cuantos matorrales desperdigados. Con trazo firme, Boone dibujó también algunos edificios de madera, de ésos que aparecen en las películas del Oeste: un salón con su bamboleante letrero, "El Dólar de Oro"; una oficina de correos; una tienda de comestibles; un gran establo y una casa de piedra con ventanas enrejadas y con un cartel en el que se leía: "Cárcel". Después, moviéndose a gatas con toda rapidez, como si estuviera recorriendo su "calle" de un extremo a otro, Boone dibujó también figuras de hombres, mujeres, caballos, carros, perros…, cosas, en fin, que suele haber en una ciudad pequeña.

Para Boone, aquel dibujo debía de resultar suficientemente grande, enorme incluso. Para Omri, en cambio, era diminuto, mucho más pequeño de lo que probablemente ningún ser humano normal hubiera sido capaz de hacer nunca. En todo caso, un dibujo perfecto, lleno de detalles y matices.

—¡Boone, eres un artista! —exclamó Omri cuando vio que el vaquero había conseguido que el embarrado pavimento de su "calle" pareciera casi real.

Toro Pequeño gruñó:

—Pero no ser igual que realidad.

Boone no se molestó en contestar. Probablemente ni siquiera le había oído, absorto como estaba en su trabajo. Pero Omri frunció el ceño, aunque poco después cayó en la cuenta de lo que estaba ocurriendo: la ciudad que Boone acababa de dibujar pertenecía a una América que los indios de la época de Toro Pequeño ni siquiera podían imaginar.

—Boone —susurró Omri inclinando la cabeza—. ¿De qué año es… tu ciudad? O sea, tu…

—La última vez que leí un periódico era el año 1889 —respondió Boone—. No está mal el dibujo, ¿eh?

—¡Es fantástico! —exclamó, emocionado, Omri.

—¡Omri!

Omri dio un salto. Sus dos manos se cerraron automáticamente sobre sus dos amigos.

Desde el otro extremo de la clase, la profesora dijo:

—¡Ya veo que es inútil pedirte que te calles! ¡Ahora hasta hablas solo! ¡Enséñame lo que has hecho!

Omri dudó un instante. Pero la oportunidad era demasiado buena como para desperdiciarla. Deslizó a los hombrecitos en el bolsillo y cogió la hoja de papel. Por una vez, actuaría sin pensar en las consecuencias. Sólo quería divertirse.

Llevó el dibujo de Boone a la profesora y lo puso, como quien no quiere la cosa, en sus manos.

Lo que luego sucedió compensó en gran medida la ansiedad y la tensión de todo el día. La profesora primero se limitó a echar una ojeada: así, sin más, el minúsculo dibujo, perdido en mitad del papel, parecía un garabato, un simple borrón.

—Te entendí que ibas a dibujar algo grande —dijo sonriendo—. Esto más bien parece un…

Y la profesora echó una segunda y más detenida ojeada.

Se quedó sin habla durante unos minutos, mientras Omri hacía esfuerzos por contener una carcajada. Bruscamente, la profesora, que estaba apoyada en la mesa, se enderezó y fue hasta el armario. A Omri no le sorprendió verla regresar con una lupa.

Depositó el papel sobre la mesa y se inclinó lupa en mano. Lo examinó detenidamente durante unos minutos. ¡Su cara era todo un poema! ¡Había que verla! Algunos de los chicos y chicas más próximos también se habían dado cuenta de que estaba sucediendo algo raro y se acercaban tratando de ver qué era lo que la profesora examinaba con tanto interés. Omri seguía de pie, esperando, con cara inocente y unas ganas ya incontrolables de echarse a reír. ¿Divertido? ¡Muy divertido! Esto era exactamente lo que él había estado esperando.

La profesora lo miró. Su cara no parecía tan de piedra como la del Sr. Johnson, pero era otra viva imagen del estupor y de la incredulidad.

—Omri —dijo por fin—. En el nombre de todos los santos, ¿cómo has podido hacer *esto*?

—Me gusta dibujar cosas pequeñas —contestó Omri, ateniéndose bastante fielmente a la verdad.

—¿*Pequeñas?* ¡Esto no es pequeño! ¡Esto es *microscópico*!

A medida que hablaba, iba levantando la voz. Los chicos se arremolinaban ahora en torno al papel contemplándolo absolutamente embelesados. Se oían gritos de admiración por todos los lados. Omri se sentía a punto de explotar.

Los ojos de la profesora se habían achinado de puro asombro.

—Enséñame tu lapicero.

Omri se asustó, pero sólo por un instante.

—Lo he dejado allí. Iré a por él —contestó dulcemente.

Fue hasta su mesa y metió la mano en el bolsillo. Vuelto de espaldas, hizo como que buscaba algo encima de la mesa. Después regresó sonriendo y sosteniendo algo en la mano.

—Aquí está —dijo mostrándoselo.

Todos se acercaron a mirar. La profesora de Dibujo le cogió la mano y se la acercó para ver.

—Me estás tomando el pelo, Omri. ¡Aquí no hay nada!

—¡Que sí! ¿No lo ve?

La profesora acercó aún más su cara. Tanto que Omri podía sentir sobre la piel su cálido aliento.

—No respire tan fuerte —dijo Omri con una media sonrisa—, o volará. Seguramente lo vería mejor con la lupa.

La profesora cogió la lupa y miró a través de ella.

—¿Puedo mirar? ¿Me deja mirar? —pedían a gritos todos los niños.

Todos menos Patrick, que seguía a lo suyo sin prestar la menor atención a lo que estaba ocurriendo.

La profesora de Dibujo retiró por fin la lupa. Los ojos le hacían chiribitas.

—¡No puedo creerlo! ¿Cómo puedes sostener ese lapicero?

—Eso…, eso es un pequeño secreto.

—Sí, ya, pero… ¿Podrías decírnoslo?

—No —contestó Omri con voz temblorosa.

Omri ya no podía resistir ni un minuto más.

—¿Puedo ir al servicio un momento? —pidió.

—Sí, puedes ir —contestó la profesora con un soplo de voz.

Cogió su dibujo y echó a correr hacia la puerta. Consiguió salir antes de estallar en carcajadas. Unas carcajadas tan fuertes y tan altas que, para que no le oyeran, tuvo que salir al patio. Allí se dejó caer en un banco y siguió riendo hasta que ya no le quedaron más fuerzas. Se acordaba de la cara de la profesora. ¡Qué cara! ¡Nunca en su vida se había divertido tanto! ¡Había merecido la pena realmente!

Sonó la campana. Se habían terminado las clases. Omri sacó a los hombrecitos del bolsillo y los llevó a la altura de su cara.

—Chicos —les dijo—, me lo he pasado en grande. Gracias. Ahora iremos a la tienda de "Yapp".

Omri echó a correr y llegó a la tienda antes de que muchos de sus compañeros hubieran salido aún del colegio. En diez minutos aquello estaría a tope, con un montón de chicos y chicas comprando palomitas, patatas, juguetes, tebeos... Pero ahora tenía la tienda para él solo y debía aprovechar bien los pocos minutos que le quedaban.

Fue directamente al rincón en el que estaban las cajas con las figuritas de plástico y se situó dando la espalda al mostrador. Como llevaba todavía a Toro Pequeño y a Boone en la mano, los puso un momento encima del montón de indios y vaqueros. Pero no había pensado que con ello podría herir la sensibilidad de Boone...

—¡Por todos los santos! —exclamó éste—. ¡Cómo te atreves a ponernos en medio de este montón de cadáveres! ¡Aquí ha debido de haber una masacre!

—No muertos —aclaró Toro Pequeño con un gruñido—. Plás–tico.

Y, diciendo esto, arreó una patada a uno de los vaqueros.

—¡Demasiados! —añadió después dirigiéndose a Omri—. Tú buscar mujeres, yo escoger.

—Tendrás que darte prisa —dijo Omri en voz baja, mientras revolvía dentro de la caja apartando las pocas mujeres que había.

Sólo encontró cinco. Una era ya muy vieja y dos llevaban niños a la espalda, atados como si fueran botas.

—Imagino que no querrás una con niño.

Toro Pequeño lo miró con una de sus típicas miradas de indio y Omri comprendió rápidamente.

—No, creo que no. Bueno, ¿y qué me dices de éstas?

Colocó las otras dos figuritas frente a él, en la mesa. Toro Pequeño las examinó cuidadosamente, primero a una y después a otra. A Omri las dos le parecían idénticas, excepto que una llevaba el vestido amarillo y la otra azul. Las dos tenían cola de caballo, una cinta en la cabeza con una sola pluma y calzaban mocasines.

Toro Pequeño levantó la vista. Parecía terriblemente desilusionado y furioso.

—No servir —dijo—. Ésta ser misma tribu: tabú. Esta otra ser fea. ¡Jefe necesitar mujer hermosa!

—Pero si no hay más…

—¡Muchos, muchos plás–ticos! ¡Mirar bien! ¡Buscar otra!

Omri siguió revolviendo en la dichosa caja. Empezaban a llegar más niños.

Ya casi había perdido la esperanza, cuando la vio. Estaba en el fondo, boca abajo, medio escondida entre dos vaqueros y sus caballos. La cogió. Tenía prácticamente el mismo aspecto que las otras dos, sólo que llevaba un vestido rojo. Además, no había duda de que las tres procedían del mismo molde, pues tenían la misma postura, como si estuvieran caminando. Omri pensó que, si las otras le habían parecido feas a Toro Pequeño, ésta tampoco le gustaría.

Casi por cumplir, la colocó delante de Toro Pequeño. Y éste la miró. La tienda, en ese momento, ya estaba completamente llena. De un momento a otro llegaría alguien más preguntando por las figuritas de plástico.

—Bueno…, ¿qué? —se impacientó Omri.

Toro Pequeño siguió contemplándola durante cinco minutos más, sin pronunciar una sola palabra. Por fin asintió con la cabeza.

Omri no le dio ninguna oportunidad de cambiar de opinión. Volvió a meterlos, a él y a Boone, en el bolsillo y, cogiendo a la chica, se dirigió al mostrador.

—Ésta.

El Sr. Yapp lo miró de una manera muy rara.

—¿Seguro que no quieres más? —preguntó.

—Sí, seguro.

El Sr. Yapp cogió la figurita, la metió en una bolsa y se la entregó a Omri.

—Diez peniques.

Omri pagó y enfiló la puerta. Pero, al salir, una mano se clavó en su hombro. Se dio la vuelta y allí estaba el Sr. Yapp. Su mirada ya no era de extrañeza, sino de enfado. Estaba rojo de ira.

—Ya puedes ir devolviéndome las otras dos figuritas que has robado.

Omri le miró asombrado.

—¡Yo no he robado nada!

—¡Encima con mentiras! Te he visto meterlas en el bolsillo: un vaquero y un indio.

Omri abrió la boca. Por un instante creyó que iba a desmayarse.

—Yo no he… —intentó decir, pero las palabras se negaban a salir de su boca.

—Enséñame los bolsillos.

—¡Son míos! —acertó a decir el pobre.

—¡Que sí! ¡Que sí! Y seguro que los has traído aquí para que te ayudaran a elegir a la chica.

—¡Pues sí!

—¡Ja, ja, ja…! —rió el Sr. Yapp—. Vamos, chaval, deja de hacer el idiota, que ya me he cansado de que ladronzuelos como tú me hagan perder tanto dinero todos los meses… Además, para una vez que cojo a uno con las manos en la masa, no voy a dejarlo escapar, así como así. ¡Conozco a los de vuestra ralea! Si te dejo, irás por ahí presumiendo y mañana volverás a por otro puñado.

Omri a duras penas podía contener las lágrimas. A su alrededor se había agrupado un montón de gente, casi tantos como en la clase de Dibujo, pero esta vez no se sentía tan contento. Le hubiera gustado desaparecer o morir de repente.

—¡No vas a convencerme llorando! —gritó el Sr. Yapp—. ¡Devuélvemelos ahora mismo o llamaré a la policía!

Entonces apareció Patrick detrás de él.

—Son suyos —dijo—. Lo sé porque me los enseñó en el colegio. Un vaquero con sombrero blanco y un indio con penacho de plumas. Me dijo que vendría a comprarse otro. Omri jamás robaría.

El Sr. Yapp soltó a Omri y miró a Patrick. Conocía a Patrick muy bien, porque su hermano había trabajado para él en la tienda hacía algún tiempo.

—¿Respondes por él?

—¡Por supuesto! Ya le digo que lo he visto esta misma tarde jugando con ellos.

Pero el tendero no parecía estar muy convencido.

—Déjame ver si son los mismos que tú dices.

Omri, que había estado mirando a Patrick como si de un milagroso rescatador se tratara, sintió que el estómago se le iba a los pies una vez más.

Metió las dos manos en los bolsillos. Entonces, lentamente, sacó una, cerrada, y todo el mundo se fijó en ella, sin saber que estaba vacía. Simultáneamente, se llevó la otra mano a la boca y susurró: "¡Quedaos quietos! ¡No os mováis! ¡Plás–tico!". Y, extendiendo sus manos, las abrió las dos a la vez.

Los hombrecitos se portaron de maravilla. Absolutamente quietos, el uno al lado del otro, tiesos, rígidos como dos verdaderas figuras de plástico. Omri, por si acaso, no quería correr ningún riesgo. En cuanto el Sr. Yapp les hubo echado un vistazo, el preciso para darse cuenta de cómo iban vestidos, cerró otra vez las manos.

El Sr. Yapp gruñó.

—De todas formas, ésos no son de mi tienda —dijo—. Todos mis jefes indios están sentados y ese tipo de vaquero va siempre con caballo. Así pues, lo siento, chaval. Tendrás que perdonarme, aunque debes admitir que yo también tenía motivos para sospechar…

Omri consiguió sonreír débilmente. El grupo de gente comenzaba a dispersarse. El Sr. Yapp entró de nuevo en la tienda. Omri y Patrick se quedaron solos en la acera.

—Gracias —dijo entonces Omri con una voz que recordaba el croar de una rana.

—De nada. Te invito a un tofe.

Compraron un tofe para cada uno y enfilaron calle abajo, en dirección a la casa de Omri. Al cabo de un rato, se les ocurrió una idea. Se miraron el uno al otro con una sonrisa.

—Les daremos un poco.

Sacaron a sus amigos del bolsillo y les dieron una pizca del chocolate que recubría el tofe.

—Esto es un premio por haber hecho tan bien el muerto.

Toro Pequeño, por supuesto, quiso saber qué había ocurrido y los dos amigos se lo explicaron lo mejor que pudieron. Toro Pequeño estaba muy intrigado.

—¿Hombre decir que Omri robar Toro Pequeño?

—Sí.

—¿Y también robar Boone?

Omri asintió.

—¡Omri estar loco si robar Boone! —dijo entonces Toro Pequeño soltando una carcajada.

Boone, que casi se atraganta con el chocolate, le echó una mirada asesina.

—¿Dónde mujer? —preguntó Toro Pequeño.

—Aquí está.

—¿Cuándo transformar?

—Esta noche.

Patrick miró a Omri con verdadera ansiedad, pero éste no dijo nada. Los dos amigos siguieron andando hacia la casa de Omri.

Omri caminaba pensativo. Pasados unos instantes, por fin dijo:

—Patrick, ¿por qué no te quedas a dormir en mi casa esta noche?

La cara de Patrick se iluminó como una bombilla.

—¿Podría…? ¿Y podría ver…?

—Sí.

—¡Guau! ¡Gracias, Omri!

El resto del camino lo hicieron corriendo.

14. LA FLECHA FATAL

Cuando llegaron, los hermanos de Omri estaban en la cocina, merendando.

—Hola, ¿qué tenemos de merienda? —preguntó Omri sin más preámbulos.

Ni Gillon ni Adiel se molestaron en contestar, aunque en la cara de Adiel se dibujó una extraña mueca. Omri no se percató de ello.

—Casi mejor nos hacemos un bocata y lo subimos a la habitación —sugirió.

Se prepararon dos bocadillos de jamón y queso y dos vasos de leche y lo subieron todo a la habitación.

—¿Cuánto tardará?

—Unos minutos.

—Déjame verla.

—Espera que lleguemos arriba.

Al abrir la puerta de su habitación, Omri se quedó helado: ¡el armarito blanco había desaparecido!

Sin decir palabra, dio media vuelta y bajó corriendo, con Patrick detrás.

—¿Se puede saber dónde lo habéis metido? —gritó entrando como una exhalación en la cocina.

—¡No sé de qué me hablas! —contestó Adiel, desdeñosamente.

—Sí que lo sabes, ¡maldita sea! ¡Me has birlado el armario!

—Y si lo he hecho, ¿qué? Es para que aprendas. Tú siempre me andas quitando cosas y escondiéndolas. Así sabrás lo divertido que resulta luego buscarlas…

—Pero ¿qué es lo que te he quitado últimamente, eh? ¡Dime qué! ¡Ni una sola cosa en este último mes!

—Mi pantalón de deporte —soltó Adiel.

—No he tocado tu pantalón. ¡Te lo juro!

—Hoy, para que te enteres, me he quedado sin jugar por no tener el pantalón, y encima me han puesto falta. ¡Contento deberías estar de que no te sacuda una leche! —contestó Adiel con un aire de suficiencia que desconcertaba.

Omri estaba tan furioso que, por unos instantes, llegó a pensar si merecía la pena zurrarse. Pero Adiel era mucho más grande que él y, la verdad, no convenía mucho intentarlo. Así que, después de echarle una mirada cargada de odio, dio media vuelta y enfiló escaleras arriba con Patrick pisándole los talones.

—¿Qué vas a hacer?

—¡Buscarlo, por supuesto!

Comenzó a revolver la habitación de Adiel de arriba abajo. Ya la tenía prácticamente desmantelada, cuando Adiel, que subía para hacer los deberes, oyó el estrépito y entró corriendo.

—¡Cerdo asqueroso! —aulló lanzándose en plancha sobre su hermano.

Omri cayó al suelo con Adiel encima.

—¡Haré pedazos todo lo que encuentre hasta que no me lo devuelvas! —gritaba Omri mientras Adiel lo molía a puñetazos.

—¡Antes tendrás que escupir mi pantalón!

—¡No tengo tu maldito pantalón! —repetía Omri en vano.

—¿Es éste? —preguntó entonces una vocecita al fondo de la habitación.

Adiel y Omri dejaron de pegarse. Adiel, que seguía sentado encima de Omri, volvió el cuello para mirar. Patrick había sacado una cosa azul de detrás del radiador.

Omri sintió cómo Adiel se tranquilizaba al instante.

—¡Oh…, sí! Es ése. Por cierto, ¿qué hace ahí?

Pero Omri sabía perfectamente cómo había llegado hasta allí: Adiel lo había puesto a secar y, por alguna razón, se había caído detrás.

Adiel, arrepentido, se puso de pie e incluso ayudó a Omri a levantarse.

—Bueno, reconocerás que otras veces *sí* que me has escondido cosas…

—Vale, de acuerdo. Y ahora, ¿quieres devolverme el armario?

—Sí, está en el desván. Lo escondí debajo de un montón de cosas…

Omri y Patrick subieron las escaleras que daban al desván de dos en dos.

Efectivamente, encontraron el armarito debajo de un montón de trastos. Ya estaban de nuevo en la habitación, cuando Omri hizo el fatal descubrimiento:

—¡La llave!

La pequeña llave de la cinta roja había desaparecido.

Omri volvió corriendo a la habitación de Adiel, que estaba recogiendo sus cosas.

—¿Dónde está la llave?

—¿Qué llave?

—Había una llave con una cinta roja en la puerta del armario.

—Yo no vi ninguna llave.

Salieron de la habitación de Adiel y cerraron la puerta. Omri estaba desesperado.

—Hay que encontrarla. Sin la llave no funciona.

Estuvieron buscando la llave en el desván hasta la hora de la cena. Nunca como entonces se dio cuenta Omri de la razón que tenía su madre cuando les pedía que pusieran un poco de orden y dejaran las cosas en su sitio. El desván era una especie de tierra de nadie, adonde solían subir a jugar y donde podían dejarlo todo manga por hombro. Y eso era lo que habitualmente hacían: recoger sólo lo necesario para poder moverse y dejar todo lo demás como estuviera. Claro que la manera de recoger era, precisamente, hacer nuevos montones, pilas enteras de trastos.

Debajo de aquellos montones había miles de diminutos objetos que se colaban por entre las cosas más grandes: canicas, ruedecillas de coches, piezas del "Lego", tornillos, cartas, etcétera, etcétera, además de cientos de fragmentos de no se sabía qué, pertenecientes en su día a las cosas más insospechadas. Al principio se limitaron a registrar por encima. Luego se dieron cuenta de que la búsqueda debería ser sistemática, si no, aquello sería como buscar una aguja en un pajar.

Omri y Patrick encontraron algunas cajas y empezaron a colocarlas: piezas del "Lego", trozos de distintos juegos, pistolas de agua, restos de juegos de magia… Las cosas grandes las iban dejando en lo que su padre, con cierto sarcasmo, denominaba "estanterías colocadas al efecto" y que, por lo general, estaban completamente vacías, ya que, como se ha dicho, lo más normal era que todo anduviera por los suelos.

En poco tiempo, lo habían ordenado todo. Todo excepto algunas cosas que no sabían dónde meterlas y unos montones de arena, barro y polvo que también había allí.

—¿De dónde ha salido todo esto? —preguntó Patrick.

—Me parece que un día Gillon subió algunas cajas del jardín para hacer un desierto… Pero ya que nos hemos puesto, podríamos barrerlo también.

Omri echó un vistazo a su alrededor. A pesar de su preocupación por la llave, sentía un cierto orgullo al ver aquello tan bien ordenado. Ahora el desván parecía algo totalmente distinto: un verdadero cuarto de juegos.

Omri bajó a por el escobón, el recogedor y un trapo para limpiar el polvo.

—Tendremos que tener cuidado. ¡Sería terrible que tiráramos la llave sin darnos cuenta! —dijo.

—Podríamos cribar la arena —sugirió Patrick.

—¡Buena idea! Vamos al jardín.

Bajaron la arena en una caja de cartón y Omri cogió la criba que su padre guardaba en la caseta de las herramientas para sus labores de jardinería. Omri la sujetaba mientras Patrick iba echando paletadas de arena mezclada con tierra. Aparecieron algunos tesoros; entre otros, una moneda de diez peniques. Pero de la llave, ni rastro.

Omri no sabía ya qué hacer.

Se sentó con su amigo en la hierba, debajo de un árbol, y sacó a los hombrecitos del bolsillo.

—¿Dónde mujer? —preguntó inmediatamente Toro Pequeño.

—¿A quién le importan ahora las mujeres? ¿Dónde hay algo para comer? —preguntó, por su parte, el comilón de Boone.

Les dieron un poco más de tofe y Omri, sobreponiéndose a la gran preocupación que sentía, sacó a la joven india de su bolsillo. Inmediatamente, Toro Pequeño dejó de masticar el chocolate y la miró prendado. Estaba clarísimo que se había enamorado de ella. Extendió la mano y acarició tiernamente sus cabellos de plástico.

—¡Revivir! ¡Ahora! —suplicó.

—No puedo —confesó Omri.

—¿Por qué no poder? —preguntó el indio, enojado.

—La magia ha desaparecido.

Boone dejó de mascar también. Alarmado, cruzó una mirada con Toro Pequeño.

—¿Quieres decir… que… no podrás enviarnos de vuelta al lugar de donde venimos? —preguntó Boone en un susurro cargado de pavor—. ¿Nunca? ¿Tendremos que vivir en este mundo de gigantes para *siempre*?

Toro Pequeño, por lo visto, le había ido informando sobre la situación.

—¿No te gusta estar con nosotros? —preguntó Patrick.

—Bueno…, ejem, no quisiera herir vuestros sentimientos, pero ¡imagina cómo te sentirías si yo fuera tan gigantesco para ti como tú lo eres para mí!

—¿Y tú, Toro Pequeño? —preguntó Omri.

El indio apartó un instante sus ojos de la figura de plástico para fijarlos, como dos carbones, en su amigo.

—Omri ser bueno —dijo—, pero Toro Pequeño guerrero indio, Jefe indio. ¿Y cómo ser guerrero y Jefe si no haber otros indios?

Omri abrió la boca. De no haber perdido su llave, gustosamente se hubiera ofrecido a traerle una tribu entera sólo por tenerlo contento. Como un rayo, le vino a la mente todo lo que esto podía significar. Lo que verdaderamente importaba no era la diversión, ni la novedad, ni siquiera la magia. Lo que de verdad importaba era que Toro Pequeño fuera feliz. Sólo por eso, él sería capaz de hacer casi cualquier cosa.

Siguieron sentados en el césped un buen rato. Parecía que no hubiera más que decir.

Con el rabillo del ojo, Omri percibió de pronto un movimiento. Era su madre, que salía a tender la ropa. Se movía como cansada y harta de todo. Permaneció un instante en la terraza mirando al cielo; después dio un suspiro y comenzó a colgar la ropa.

Siguiendo un impulso, se levantó y se dirigió hacia ella.

—Mamá, no... no habrás encontrado nada mío, ¿verdad?

—Pues creo que no. ¿Qué has perdido?

A Omri le daba vergüenza reconocer que había perdido la llave que con tanto cariño ella había conservado a lo largo de los años.

—No, nada, nada —contestó.

Y volvió al lado de Patrick, que estaba mostrando una hormiga a los dos hombrecitos. Boone intentaba acariciarle la cabeza, como si fuera un perro, pero la hormiga no parecía tener demasiado interés en seguir perdiendo el tiempo.

—Bueno —dijo Omri—. ¿Qué tal si intentamos sacar algo de provecho a la situación? ¿Vamos a buscar a los caballos para que los chicos den un paseo?

Al oír esto, todos recobraron un poco el ánimo y Omri trajo los caballos en una caja de cartón. Al lado de Patrick había un buen trozo de tierra dura que resultaría muy apropiada para galopar. De repente, un escarabajo negro apareció por allí y Toro Pequeño lo atravesó con sus flechas. Esto pareció animarlo un poco más, aunque no del todo. Mientras los ponis pastaban en la hierba, el indio los miraba con ojos de cordero degollado, y Omri se dio cuenta enseguida de que estaba pensando en la joven india.

—Patrick, a lo mejor prefieres marcharte a casa.

—No, prefiero quedarme, si no te importa —contestó su amigo.

Omri estaba demasiado deprimido para que le importara nada. Ya en la cena, observó que Adiel intentaba ser amable con él, pero siguió sin hablarle. Al levantarse de la mesa, Adiel lo llevó aparte y le dijo:

—¿Se puede saber qué te pasa? ¡Estoy intentando ser amable contigo! ¡Ya tienes tu estúpido armario!

—Sin la llave no sirve de nada.

—Bueno, lo siento. Se debió de perder por el camino cuando lo subí al desván…

¡Por el camino! A Omri no se le había ocurrido esa posibilidad.

—¿Me ayudarás a buscarla? ¡Por favor! ¡Es muy importante!

—Bueno, en ese caso…

Durante media hora los tres hermanos y Patrick siguieron buscando, pero la llave no apareció.

Luego Gillon y Adiel tenían que ir al colegio para ensayar una obra de teatro, con lo que Patrick y Omri se quedaron con la televisión para ellos solos. Sacaron a sus amigos y, tras explicarles como pudieron aquella nueva magia, se pusieron todos juntos a ver la tele. Primero vieron una película sobre animales, que dejó a los hombrecitos absolutamente desconcertados. Después venía una del Oeste... Omri pensó que sería mejor apagar la tele, pero Boone organizó tal escándalo que Omri tuvo que ceder:

—Vale, vale, pero sólo diez minutos más...

Toro Pequeño se había sentado con las piernas cruzadas sobre la rodilla de Omri, mientras Boone, que parecía preferir a Patrick, seguía en el bolsillo superior de su camisa, con los codos apoyados en el borde y el sombrero echado hacia atrás, mascando algo de tabaco que había traído con él. Patrick, que conocía alguna de las costumbres de los vaqueros, dijo:

—¡No se te ocurra escupir, eh! Aquí no hay escupideras, ¿entiendes?

—Déjame oír lo que dicen, ¿quieres? ¡Maldita sea! ¡No hay forma de entender lo que dicen!

Antes de que hubieran transcurrido los diez minutos, los indios de la película ya se estaban llevando claramente la peor parte. Era la típica escena de las carretas puestas en círculo y los indios acosando alrededor, lanzando gritos terribles, mientras los hombres blancos, apostados entre las ruedas, disparaban a mansalva. Omri se dio cuenta de que Toro Pequeño comenzaba a ponerse nervioso viendo cómo, uno tras otro, la mayoría de los guerreros indios acababan mordiendo el polvo. De repente, se levantó de un salto.

—¡Películas no buenas! —gritó.

—¿Pero qué dices, indio? —gritó a su vez Boone desde el otro lado del abismo que los separaba—. ¡Es tan real como la vida misma! Mi madre y mi padre se vieron en una batalla similar y se cargaron a quince o veinte salvajes como ésos...

—¡Hombres blancos robar tierra! ¡Robar agua! ¡Matar animales!

—¿Y qué? Que ganen los mejores. ¡Y nosotros ganamos! ¡Yuppiii...! —gritó al ver caer a otro indio.

Omri también estaba mirando a la pantalla cuando aquello sucedió. Era un momento en el que se producía un intervalo de silencio en la película. Fue entonces cuando se oyó un débil silbido, y a continuación un gruñido de Boone. Omri miró hacia atrás y la sangre se le heló en las venas: ¡el vaquero tenía una flecha clavada en el pecho!

Durante unos segundos, permaneció todavía en pie, apoyado contra el bolsillo de Patrick. Después, lentamente, cayó hacia delante.

A Omri siempre le había llamado la atención la manera como la gente, sobre todo las chicas, solía gritar en los momentos más dramáticos de las películas. Ahora él sentía la necesidad de hacer exactamente lo mismo, sólo que Toro Pequeño se le adelantó.

Patrick, que no se había dado cuenta de nada hasta ese mismo instante, miró a Toro Pequeño y comprobó hacia dónde apuntaba su arco. Después, bajó la vista y miró a su bolsillo. Asomando por encima del borde, se veía el cuerpo de Boone, con la cabeza colgando, fláccida como un pedacito de cuerda.

—¡Boone! ¡Boone!

—¡No! —gritó Omri—. ¡No lo toques!

Sin prestar atención a Toro Pequeño, que rodaba pantalones abajo a medida que él se movía, Omri levantó con dos dedos al pobre Boone y lo tendió sobre la palma de su mano. El cuerpo del vaquero quedó tumbado boca arriba, con la flecha todavía clavada en el pecho.

—¿Está… está muerto?

—No lo sé.

—¿No deberíamos quitarle la flecha?

—Nosotros no; tiene que ser Toro Pequeño.

Lentamente, y con infinito cuidado, Omri extendió su mano en la alfombra. Boone permanecía absolutamente inmóvil. En un cuerpo tan pequeño era imposible saber si la flecha se había clavado en el corazón o un poco más arriba, en el hombro (el palo de la flecha era tan fino que sólo se distinguía por el minúsculo adorno de plumas que llevaba en el extremo).

—Toro Pequeño, ven aquí.

La voz de Omri era fría, dura como el acero –una voz que el mismo Sr. Johnson hubiera envidiado– y exigía inmediata obediencia.

Toro Pequeño logró incorporarse tras la aparatosa caída y, con paso inseguro, se subió a la mano de Omri.

—Sube y mira a ver si lo has matado.

Sin decir palabra, Toro Pequeño trepó hasta el borde de la mano y se arrodilló al lado de Boone. Puso su oído sobre el pecho del vaquero, justo debajo de donde se había clavado la flecha. Durante unos instantes, escuchó atentamente; luego se levantó y, con mucha gravedad y sin mirar a ninguno de los muchachos, dictaminó:

—No estar muerto.

Omri dejó escapar un suspiro de alivio.

—Saca la flecha. Con cuidado. Si muere ahora, serás doblemente culpable.

Toro Pequeño apoyó una mano sobre el pecho de Boone fijando sus dedos alrededor de la flecha, y con la otra agarró el palo por el lugar más próximo a la herida.

—Salir sangre. Necesitar tapar agujero.

La madre de Omri solía poner paquetes de pañuelos de papel en todas las habitaciones para que nadie pudiera tener la excusa de ir por ahí tirando de los mocos. Patrick alcanzó uno, rasgó una simple esquina y la enrolló como si fuera un cartucho, no más grande que la cabeza de un alfiler.

—Ahora se habrá contaminado con los gérmenes de tu mano —dijo Omri.

—¿Dónde hay agua oxigenada?

—En el armario del cuarto de baño. ¡Que no te vea mi madre!

Mientras Patrick iba a por ella, Omri permaneció sentado y en silencio, inmóvil, sin apartar los ojos de Toro Pequeño, que seguía intentando arrancar la flecha.

Después de un minuto muy largo, el indio murmuró algo.

Omri acercó el oído.

—¿Qué?

—Toro Pequeño sentir.

Omri levantó la cabeza y contestó fríamente:

—¡Pues más lo vas a sentir si no consigues salvarlo!

Patrick llegó con la botella de agua oxigenada. Echó un poco en el tapón y empapó bien el pequeño algodón que tenía preparado. Después se aproximó a Toro Pequeño.

—Vamos —ordenó Omri—. Sácala.

Toro Pequeño parecía estar luchando consigo mismo, y comenzó a temblar.

—Toro Pequeño no sacar. Toro Pequeño no médico. Volver a traer médico. Él saber curar herida.

—No podemos —contestó Omri secamente—. La magia ha desaparecido. Tienes que hacerlo tú. ¡Y ahora mismo, Toro Pequeño!

El indio volvió a ponerse rígido y a sujetar la flecha con firmeza. Despacio, muy despacio, la sacó y la arrojó lejos de sí. La sangre comenzó inmediatamente a correr, empapando la camisa de Boone. Toro Pequeño escurrió el algodón y presionó con ambas manos sobre la herida.

—Ahora utiliza tu cuchillo. Corta esa camisa tan sucia.

Toro Pequeño obedeció sin rechistar. Boone seguía inmóvil. Su cara se había tornado de color ceniza bajo su bronceado.

—Necesitamos una venda —dijo Patrick.

—No tenemos nada que pueda servir de venda, ni tampoco podemos moverlo para colocársela. Tendremos que utilizar un poco de esparadrapo.

Patrick volvió al cuarto de baño y de nuevo quedaron solos Omri, Toro Pequeño y el pobre Boone. Ahora el indio estaba en cuclillas, con las manos descansando sobre los muslos. Tenía la cabeza gacha y Omri advirtió un ligero movimiento en sus hombros. ¿Estaría llorando? ¿Sentía acaso vergüenza o miedo? ¿Podría, incluso, estar arrepentido?

Patrick volvió con la caja de esparadrapo y unas tijeritas de uñas. Cortó un trocito lo suficientemente grande como para cubrirle el pecho y Toro Pequeño se lo colocó con sumo cuidado, incluso –o al menos eso le pareció a Omri– con ternura.

—Ahora quítate tu capa y tápalo para que no coja frío.

Tampoco esta vez protestó Toro Pequeño.

—Ahora lo llevaremos arriba y lo meteremos en la cama. ¡Oh, Dios! ¡Ojalá hubiésemos encontrado la llave para poder traer de nuevo al enfermero!

Mientras subían, Omri contó a Patrick lo del soldado de la Primera Guerra Mundial que le había curado a Toro Pequeño la herida de la pierna.

—¡Tenemos que encontrar esa llave! —dijo Patrick—. ¡Tenemos que encontrarla!

Toro Pequeño, que seguía arrodillado al lado de Boone, no dijo nada.

De nuevo en la habitación de Omri, Patrick, con un pañuelo doblado y otro trocito de lana del jersey de Omri, preparó una cama. Omri, entretanto, deslizó una cartulina entre su mano y el cuerpo de Boone y, de esta manera, sin moverlo apenas para que la herida no sangrara, lo trasladó a su cama. Boone seguía inconsciente.

Toro Pequeño, de pie, continuaba en silencio. De repente, con un brusco movimiento, se quitó el penacho de plumas y lo arrojó al suelo. Antes de que Omri pudiera hacer nada por impedirlo, el indio había saltado encima del penacho y, en menos de un segundo, había destrozado todas las plumas, las hermosas plumas de colores.

Una vez hecho esto, salió corriendo a través de la moqueta en dirección a la bandeja donde se levantaba su cabaña. Patrick iba a detenerlo, pero Omri se lo impidió:

—Será mejor que lo dejemos tranquilo.

15. UNA AVENTURA SUBTERRÁNEA

Omri y Patrick decidieron turnarse para hacer guardia al lado de Boone durante toda la noche, aunque la cosa no iba a ser tan fácil, porque la luz se colaba por debajo de la puerta y los podía delatar. Omri pensó, finalmente, que podían arreglárselas con un cabo de vela que guardaba en su caja de experimentos.

—Podemos colocarla detrás del baúl y así no se verá desde fuera.

Se pusieron el pijama. Patrick, cuando se quedaba, dormía en una cama plegable, así que también la abrieron para evitar cualquier sospecha.

Cuando la madre de Omri subió a darles el beso de buenas noches, los dos amigos simularon estar leyendo. Que Omri lo hiciera casi a oscuras era normal; ella se lo reprendía continuamente:

—Omri, por favor, ¿por qué no enciendes la luz de la mesilla? ¡Vas a quedarte sin ojos!

—No funciona —contestó Omri

—Sí funciona. Tu padre la arregló esta mañana. ¿Sabes por qué no funcionaba?

—No, ¿por qué? —preguntó Omri, que lo único que deseaba realmente era que su madre se fuera de allí cuanto antes.

—Ese hámster sinvergüenza de Gillon se había hecho un nido debajo del entarimado y lo había forrado con los trocitos de plástico que iba arrancando de todos los cables que encontraba. Todavía no me explico cómo no se electrocutó…

Omri se incorporó en la cama de un salto.

—¿Quieres decir que el hámster anda suelto?

Su madre dejó escapar una paciente sonrisa.

—No te enteras de nada, Omri. El hámster anda suelto desde ayer por la noche. ¿No sabes que Gillon lleva casi veinticuatro horas buscándolo desesperadamente? Por lo visto, parece que ha decidido aposentarse debajo de tu cama.

—¿Debajo de mi cama?

Omri lanzó un chillido y, saltando de la cama, se arrodilló para mirar.

—Es inútil que lo busques. No me refería a "debajo de la cama", sino a "debajo del suelo que está, *aproximadamente,* debajo de tu cama". Papá levantó algunas tablas esta mañana y echó una ojeada, pero no pudo cogerlo. Habrá que esperar a que salga a buscar comida; entonces…

Pero Omri ya no oía nada. ¡Un ratón! ¡Lo único que le faltaba!

—Mamá, ¡tenemos que encontrarlo! En serio, ¡tenemos que encontrarlo!

—Pero ¿por qué? ¿No le tendrás miedo, verdad?

—¿Yo? ¿Miedo yo? ¿A quién? ¿A un estúpido ratón? ¡Por supuesto que no! Pero es absolutamente necesario que lo encuentre —repitió Omri con voz temblorosa, al borde de la desesperación—. A lo mejor le da por pasearse por mi cara.

Estaba terriblemente enfadado. ¿Qué hacía el imbécil de Gillon si no era capaz de tener vigilado a su hámster? Sólo de imaginar el peligro que un animal como aquél podía suponer para los dos hombrecitos, se le helaba la sangre. Y además, ¿por qué demonios, de todas las habitaciones que había en la casa, el maldito animal había tenido que escoger precisamente la suya?

Ya se había puesto como un loco a retirar la alfombra para dejar al descubierto el entarimado, cuando su madre le obligó a ponerse de pie.

—Omri, esta mañana hemos quitado la alfombra, hemos retirado las tablas y se ha limpiado todo cuidadosamente. Con ratón o sin ratón, no estoy dispuesta a repetir la faena por la noche. Métete en la cama y duerme.

—Pero...

—¡A la cama ahora mismo he dicho!

Cuando su madre empleaba aquel tono, no merecía la pena seguir discutiendo con ella. Omri, pues, se metió en la cama, su madre le dio un beso, apagó la luz y cerró la puerta. Tan pronto como dejaron de oír sus pasos en la escalera, Omri se levantó y otro tanto hizo Patrick.

—Ahora tendremos que hacer guardia los dos durante toda la noche. ¡No podemos cerrar los ojos ni un minuto! —dijo Omri.

Rebuscó en su colección de cajas de cerillas por ver si encontraba alguna que no hubiera sido utilizada por su padre. Por fin la encontró y encendió la vela. Con mucho cuidado, sacaron la cama de Boone de su escondite y la pusieron encima de la mesilla de noche, al lado de la vela. Luego se sentaron uno a cada lado y se quedaron contemplando el rostro, horriblemente pálido, de Boone. El trozo de esparadrapo de color rosa que habían pegado sobre su pecho subía y bajaba marcando el ritmo de su respiración. Había que fijarse mucho para verlo. Era como mirar la aguja grande de un reloj: tenías que concentrarte mucho si querías percibir sus movimientos.

—¿No sería mejor que trasladáramos aquí también la bandeja? —susurró Patrick.

Cuando vio que Toro Pequeño había disparado contra Boone, Omri se puso tan furioso que lo hubiera echado al hámster de buena gana, pero ahora ya no estaba tan enfadado y, por supuesto, no quería que le sucediera nada malo a su indio.

—Sí, será mejor.

Hicieron sitio en la mesilla y levantaron la bandeja con su cabaña, la fogata y los postes a los que se encontraban amarrados los caballos, para ponerlo todo fuera del alcance de cualquier roedor noctámbulo…

—¡Con cuidado, no vayas a asustar a los ponis!

Pero los ponis, por lo visto, ya estaban tan acostumbrados a que los trasladasen de un lugar a otro que ni siquiera dejaron de masticar la hierba que estaban comiendo. Dentro de la cabaña no había señales de vida.

Pasó un rato sin que ocurriera nada. Los dos amigos permanecían sentados y en silencio, con los ojos fijos en el rostro de Boone, iluminado por la luz de la vela. Omri comenzaba a sentirse medio adormilado: la llama se le hacía cada vez más borrosa y el cuerpo de Boone parecía vibrar cuando lo miraba. Pero algo rondaba por su cabeza, algo que daba vueltas y más vueltas… No quería detenerse a pensar en ello, pues temía distraerse, y se le había ocurrido la supersticiosa idea de que si olvidaba a Boone, aunque sólo fuera por un segundo, éste moriría. Era como si su sola voluntad –y la de Patrick– pudiera mantener aquel frágil corazón latiendo.

De repente, un pensamiento –como un paisaje súbitamente iluminado por un rayo– cruzó por su mente. Se levantó conteniendo la respiración y con los ojos muy abiertos.

—¡Patrick!

Patrick, que estaba adormilado, pegó un salto.

—¿Qué?

—¡La llave! ¡Ya sé dónde está la llave!

—¿Dónde? ¿Dónde?

—*Justo debajo de mis pies.* Ha debido de deslizarse entre las tablas cuando mi padre las levantó esta mañana. ¡No puede estar en otra parte!

Patrick lo miró con verdadera admiración, pero también con un gesto de impotencia.

—¿Y cómo vamos a encontrarla?

Moviéndose silenciosamente, consiguieron levantar un poco la cama y liberar así una esquina de la alfombra, que estaba sujeta por una pata. El otro extremo coincidía debajo de la mesilla, y entre los dos se las arreglaron para sacarlo también. Luego la enrollaron dejando al descubierto el entarimado; Omri, entonces, introdujo sus dedos en la estrecha ranura que separaba las tablas para ver si podía levantarlas. Lo consiguió sólo con una. El resto estaba sujeto con clavos a las vigas de abajo.

Haciendo el menor ruido posible –sus padres todavía no se habían ido a la cama–, Omri apalancó el extremo de la tabla. Un hueco del tamaño del pie de un hombre apareció bajo sus ojos. Pero ni siquiera cuando Patrick acercó la vela pudieron distinguir gran cosa.

—Tendremos que arriesgarnos con la lámpara de la mesilla —dijo entonces Omri.

La encendieron y la acercaron al agujero. Arrodillados, bucearon en la oscuridad. No se veía nada: sólo algunos centímetros más abajo, los listones y el yeso que recubrían el techo de la habitación inferior, la habitación en la que en esos momentos entraban los padres de Omri...

—Tendremos que andar como tumbas; si no, nos oirán.

—Como tumbas, ¿para qué? —replicó Patrick—. La llave no está ahí. Si estuviera, ya la habrías encontrado.

—Se habrá metido debajo de uno de los tablones que están clavados —concluyó, desesperado, Omri.

En ese momento oyeron cómo Toro Pequeño los llamaba.

Estaba de pie a la puerta de su cabaña, completamente desnudo, a excepción de sus calzones. Se había soltado el pelo; tenía la cara, el pecho y los brazos cubiertos de cenizas e iba descalzo.

—¡Toro Pequeño! ¿Qué estás haciendo? —preguntó, asombrado, Omri.

—Querer fuego. Querer hacer danza. Llamar espíritus. Hacer vivir a Boone.

Omri lo miró por un instante y sintió un dolor en su garganta que le recordó cuando era pequeño y le entraban ganas de llorar... ¡Aquellos días que él ya creía olvidados para siempre!

—Toro Pequeño, bailar no servirá de nada. Los espíritus no van a ayudarnos. Necesitamos un médico, y, para traer al médico, necesitamos la llave. ¿Nos ayudarías a buscarla?

Toro Pequeño no movió un músculo.

—Yo ayudar.

Entonces, con sumo cuidado, Omri lo cogió. Se arrodilló y llevó su mano al hueco del entarimado. Patrick acercó la lámpara. Omri abrió la mano y Toro Pequeño permaneció allí unos instantes inspeccionando el estrecho túnel que se extendía bajo el entarimado.

—Tiene que estar por ahí, en alguna parte —le indicó Omri—. Pero tendrás que encontrar la entrada, alguna rendija… Nosotros te daremos toda la luz que podamos, pero, aun así, seguro que estará muy oscuro. ¿Crees que podrás conseguirlo?

—Yo intentar —dijo Toro Pequeño inmediatamente.

—¡Pues adelante! Mira a ver si encuentras algún sitio por donde entrar.

El minúsculo, delicado cuerpo de Toro Pequeño se introdujo, a través del polvo, en aquella oscuridad subterránea.

Omri le quitó la pantalla a la lámpara e introdujo la bombilla por el hueco del entarimado. Como él no podía meter la cabeza, no alcanzaba a ver lo que ocurría y enseguida perdió de vista a Toro Pequeño.

—¿Algún pasadizo?

—Sí —le oyó gritar—. Gran agujero. Yo atravesar, Omri dar luz.

Omri introdujo la bombilla todo lo que pudo, pero el pie de la lámpara era demasiado grande para pasar por el hueco de la tabla.

—¿Se ve algo? —susurró.

No hubo respuesta. Omri y Patrick siguieron arrodillados durante una eternidad. No se oía nada. De pronto Patrick dijo:

—¿Llevaba Toro Pequeño el arco y las flechas?

—No, ¿por qué? —quiso saber Omri.

—Pues porque…, ¿qué pasaría si… si se encuentra con el hámster?

Omri se había olvidado completamente del hámster al poner todo su pensamiento en el hallazgo de la llave. Y sintió entonces un extraño retortijón en el pecho, como si a su corazón le hubiera entrado el hipo

Agachó la cabeza hasta que consiguió meter la cara dentro del hueco. Podía oler el polvo. La bombilla estaba justo entre él y el lugar por el que posiblemente el indio había encontrado la manera de introducirse, a través de la viga, en el espacio que quedaba inmediatamente debajo de la otra tabla. ¡Un agujero! ¿Quién podía haber hecho un agujero en la viga de madera? ¿Quién, sino un ratón roe que te roe? Un ratón suelto, hambriento, que no había comido desde hacía veinticuatro horas —un enorme, omnívoro ratón gigante de ojos rosas—.

—¡Toro Pequeño! —grito Omri como un loco—. ¡Vuelve! ¡Vuelve!

Silencio total. De repente oyeron algo. Pero no era la voz de Toro Pequeño. Eran los arañazos de unas patas duras y sin pelo sobre los listones de yeso.

—¡*Toro Pequeño!*

—¡Omri! —la voz venía de la habitación de abajo—. ¿Qué estás haciendo?

Era su madre. Luego distinguió claramente la voz de su padre, que decía:

—¿Oyes a ese asqueroso hámster paseando por debajo del entarimado? Probablemente sea eso lo que no deja dormir a los chicos.

—Será mejor que vaya a ver —dijo su madre.

Y sintieron el ruido de una puerta al cerrarse y unos pasos que subían las escaleras.

Omri estaba tan desesperado que ni siquiera una emergencia como aquélla pudo hacerle reaccionar. Habría seguido allí, tumbado en el suelo, si Patrick no hubiera tomado la iniciativa rápidamente.

—¡Rápido, apaga la luz! ¡A la cama!

Arrastró a Omri, le quitó la lámpara y apagó la luz. La vela seguía dentro del hueco. Patrick volvió a poner la tabla más o menos en el mismo sitio y movió la alfombra de manera que cubriera el entarimado. Luego metió a Omri en su cama y lo tapó. Los pasos se acercaban peligrosamente. Patrick tuvo el tiempo justo de meterse entre las sábanas antes de que se abriera la puerta.

Entonces Omri, con los ojos apretados, suplicó para sus adentros: "¡Mamá, no enciendas la luz, por favor, no enciendas la luz!".

La luz del descansillo se colaba dentro de la habitación, pero no iluminaba gran cosa. Según los cálculos de Omri, su madre debió de permanecer en la puerta aproximadamente unos cien años. Y por fin susurró:

—¿Chicos, estáis dormidos?

Ni que decir tiene que nadie contestó.

—¿Omri? —insistió.

Pasaron aproximadamente otros cien años, durante los cuales a Omri le dio tiempo de imaginar a Toro

Pequeño partido en dos por un mordisco del hámster justo debajo de su cama. Por fin, la puerta se cerró y volvió a dejarlos sumidos en la oscuridad.

—Espera, espera —susurró Patrick.

Esperar era una tortura. El ratón había dejado de moverse al oír el ruido, pero ahora reinaba de nuevo el silencio. Omri imaginó al animal, con su hocico rosa y sus bigotes blancos, echándose hambriento sobre su víctima… ¡Oh! ¿Cómo había permitido que Toro Pequeño se metiera allí? La muerte de Boone, por lo menos, no habría sido culpa suya, pero si algo le pasaba a Toro Pequeño, no podría perdonárselo en toda su vida.

Al cabo de un larguísimo rato, oyó cerrarse la puerta del salón y los dos amigos volvieron a levantarse de la cama. El primero en coger la lámpara fue Patrick, pero Omri quiso quitársela. Patrick insistió: quería ver si Boone respiraba. Sí, todavía estaba vivo. Recogieron la alfombra con tanto sigilo como pánico, sólo de pensar que podían volver a llamar la atención. La vela se estaba extinguiendo, como la antorcha de una antigua mina, y lanzaba un pálido reflejo contra las polvorientas paredes del túnel.

Omri se tumbó en el suelo. Sin levantar la voz, intentó llamar de nuevo a su amigo:

—¡Toro Pequeño! ¿Sigues ahí? ¡Vuelve, por favor! ¡Estás en peligro!

Silencio.

—¡Dios mío! ¿Por qué no vuelve?

Omri estaba a punto de volverse loco.

En ese momento oyeron algo. Un ruido que no era fácil identificar. Desde luego, parecía un ratón, pero

¿qué estaba haciendo? No era el sonido de sus pasos, sino una especie de golpe, como si hubiera hecho algún movimiento brusco. ¿Un salto? Omri tenía el corazón en la boca. Se oían también otros ruidos. De no estar acostumbrado a aguzar el oído para escuchar la voz de los dos hombrecitos, hubiera sido incapaz de oír nada. Pero oía. Y renació la esperanza. Era un sonido parecido al de unas pisadas que se abren paso con dificultad, el sonido de un cuerpo intentando atravesar a toda prisa un agujero.

Omri sacó la bombilla del hueco y, en su lugar, introdujo el brazo con la mano abierta. Casi al instante sintió cómo Toro Pequeño se subía a ella. Cerró inmediatamente los dedos, justo cuando algo peludo y cálido chocaba contra ellos. Retiró inmediatamente la mano, raspándose, con las prisas, los nudillos contra las tablas.

En sus manos había algo más –algo frío y torneado, el doble de pesado que el cuerpo de Toro Pequeño–. Abrió sus dedos y los dos amigos se inclinaron para mirar.

Sucio, cansado, pero con una expresión de triunfo en su rostro, Toro Pequeño estaba allí. Entre sus brazos, rodeada de telarañas y de los restos de una cinta roja, se encontraba la llave.

—¡Lo conseguiste! ¡Oh, Toro Pequeño, qué alegría! ¡Vamos, Patrick, coge rápidamente la vela y coloca la tabla en su sitio! Yo iré a buscar al enfermero.

Imprudentes ahora, encendieron la luz de la habitación. Patrick colocó la tabla haciendo el menor ruido posible y después extendió la alfombra, mientras Omri rebuscaba entre las figuritas de la caja de galletas. Afortunadamente, el soldado enfermero estaba justo encima, con su precioso maletín entre las manos. Toro Pequeño, por su parte, se había situado al lado de la cama en que reposaba Boone. Llevaba todavía la llave entre sus brazos.

Omri la cogió, metió al soldado en el armario y dio una vuelta a la llave. Contó hasta diez, mientras Patrick, conteniendo el aliento, lo miraba con los ojos como platos. Después abrió la puerta.

Allí estaba Tommy, su viejo amigo, frotándose los ojos y con el maletín a sus pies.

Su rostro se iluminó al ver a Omri.

—¡Córcholis! ¡Pero si eres tú otra vez! ¡Es que no acierto nunca! Claro, con Minnie tronando a todo tronar… ¡Creía que me había muerto!

—¿Quién es Minnie? —preguntó Patrick con una vocecita que a duras penas salía de su garganta.

—Anda, ¿éste es otro de los tuyos? —preguntó el soldado a Omri dando un respingo—. Me parece que he comido demasiado queso antes del ataque. Resulta pesado para el estómago, sobre todo cuando está rancio. Ya sabes, con los nervios… ¿Que quién es Minnie? Minnie es un nombre. Nosotros llamamos así al *minnenwerfer*, es decir, uno de esos enormes cañones de los alemanes. Hacen un ruido terrible; es como un silbido que va aumentando, aumentando hasta que, ¡barrammbumm!, explota. Después, los chicos como yo tenemos que apretar los dientes y correr a toda prisa hacia donde creemos que ha caído la bomba para socorrer a los heridos.

—Nosotros también tenemos un herido y queremos que lo veas enseguida —dijo Omri aprovechando la ocasión.

—¿El indio otra vez?

—No, otro. Tommy, ¿serías tan amable de subir a mi mano?

Omri lo llevó hasta donde estaba Boone. Tommy, nada más verlo, se arrodilló y comenzó a explorarlo.

—Tiene mal aspecto —dijo al cabo de unos minutos—. Aunque creo que con una transfusión se arreglaría. Tendré que quitarle el esparadrapo y echar una ojeada a la herida.

Cortó el esparadrapo con unas tijeras. El grupo de amigos pudo ver entonces que el trozo de pañuelo que tenía debajo estaba empapado de sangre. Tommy dijo:

—La hemorragia se ha detenido. ¡Eso está bien! ¿Qué fue, una bala?

—No, una flecha —dijo Omri.

Al oírlo, Toro Pequeño se puso a temblar de pies a cabeza.

—¡Ah, claro, ya entiendo! Bueno, yo no sé mucho de heridas de flecha, pero supongo que no tendrá la cabeza dentro, ¿verdad?

—No, se la sacamos.

—¡Bien, bien! Menos mal que no atravesó el corazón. Creo que ya sé lo que debo hacer.

Sacó una aguja hipodérmica y, tras manipularla durante unos instantes, la clavó en el pecho de Boone. Luego cosió la herida, la cubrió con una venda y, con la ayuda de Toro Pequeño, terminó de quitarle el esparadrapo.

—Tú eres amigo suyo, ¿no? —preguntó al indio.

Toro Pequeño no dijo nada, pero lo miró.

—Entonces, escucha. Cuando se despierte, le das estas pastillas. Es hierro, ¿sabes? Le ayudará a recuperarse. Y estas otras también. Son para el dolor. Esperemos que no haya infección.

—Necesitaremos penicilina —dijo Patrick, que tenía experiencia en estas cosas, pues una vez se había hecho un corte en el pie y se le había infectado.

Tommy lo miró sin comprender.

—¿Penicilina? ¿Qué es eso?

Omri hizo una seña a Patrick.

—¿No te das cuenta de que no la han inventado todavía? —le susurró.

—Lo mejor es coñac —dijo Tommy sacando una petaca de su bolsillo y echando un poco en la garganta de Boone—. ¿Veis? Parece que ya recupera algo de color. Pronto abrirá los ojos. Mientras, abrigadlo bien, que tenga calor; ése es el truco. Ahora tengo que marcharme, mejor dicho, despertarme quiero decir. Si Minnie se ha puesto a tronar, enseguida me echarán en falta, estad seguros.

Omri lo llevó de nuevo al armario.

—Tommy —le preguntó antes de cerrar—. ¿Qué hubiera pasado si…, bueno, si la bomba te hubiera dado a ti?

—¡Eso no puede ser! Si me hubiera dado a mí, como tú dices, no podría tener este sueño, ¿no? Estaría con los angelitos cantando en el cielo. ¡Chao! Venga, cierra la puerta, que me parece que ya les estoy oyendo llamar: "¡Camillero, camillero!".

Omri sonrió y le dio las gracias; no quería mandarlo de vuelta a su tiempo, pero él parecía empeñado en irse.

—Hasta la vista, Tommy. Gracias. ¡Y buena suerte!

Y Omri cerró la puerta del armario.

Desde el otro lado de la mesa, oyó gritar a Toro Pequeño:

—¡Omri, dar prisa! ¡Venir! ¡Boone abrir ojos! ¡Boone despertar!

Omri y Patrick se volvieron. En efecto, Boone había abierto los ojos y miraba a Toro Pequeño.

—¿Qué ha pasado? —preguntó con una vocecita muy débil.

Nadie se atrevía a decírselo, pero al final Toro Pequeño terminó confesando:

—Yo disparar.

—¡Qué dices, indio! ¿Estás loco? Yo pregunto qué pasó en la *película*. ¿Ganaron los colonos y acabaron con los salvajes indios? ¿O consiguieron, por una casualidad, ganar los indios, esos asquerosos desgraciados, y les cortaron las cabelleras a todos los blancos?

Toro Pequeño contuvo el aliento. Su cabeza, que había mantenido inclinada como si se sintiera avergonzado, se irguió de repente y, para horror de Omri, que no le perdía ojo, se llevó la mano al cinturón en busca del cuchillo. ¡Menos mal que no lo tenía! Pero se levantó de un salto.

—¡Cerrar boca, Boone! ¡Cerrar boca y no decir malas palabras ni insultar guerreros indios, o Toro Pequeño disparar de nuevo a matar, arrancar cabellera y colgar de palo! Porque cabellera de Boone demasiado sucia para colgar de cinturón de Jefe indio…

Y, diciendo esto, le quitó la hermosa capa de plumas con que lo había cubierto y, orgullosamente, volvió a ponérsela él sobre sus hombros.

Omri parecía impresionado, mientras que Patrick se partía de risa. No obstante, y haciendo un esfuerzo para que no se le notara, cubrió a Boone con la pequeña manta para que no cogiera frío.

Omri, por su parte, cogió a Toro Pequeño con dos dedos.

—¡Vaya! ¡Así que ya eres Jefe otra vez! —masculló Omri—. Pues has de saber que los Jefes tienen la obligación de controlarse. ¡Y mira esto!

Cogió el destrozado penacho de plumas y se lo colocó en la cabeza de cualquier manera.

—¡Anda, mírate!

Y lo puso delante de un espejo. Toro Pequeño, al verse, se cubrió la cara con las manos.

—¡Acuérdate de lo que hiciste... a tu amigo!

—No amigo, enemigo —murmuró Toro Pequeño, aunque se notaba que ya no estaba enfadado.

—Bueno, lo que sea... Pero no olvides lo que se te ha encomendado. ¿Dónde están las pastillas? Encárgate de que las tome. Nosotros no podemos..., no las vemos, así que eso es responsabilidad exclusivamente tuya. Y cuando Boone se ponga mejor, ¿sabes lo que vas a hacer? ¡Vas a hacerlo tu hermano de sangre!

Toro Pequeño le lanzó una mirada de asombro.

—¿Hermano de sangre?

—Sí, deja que te explique. Los dos os haréis un pequeño corte en la muñeca y luego juntaréis vuestras sangres. A partir de ese momento, ya jamás podréis volver a ser enemigos. Es una antigua costumbre india.

Toro Pequeño parecía desconcertado.

—No ser costumbre india.

—¡Estoy seguro de que sí! ¡Lo he visto en una película!

—Idea de hombre blanco. No india.

—Da lo mismo; *este* indio lo hará. Y también podréis fumar la pipa de la paz. ¡Y no me dirás que ésa no es una costumbre india…!

—No ser costumbre iroquesa. Ser de otras tribus.

—¿Pero no podrías hacerlo, aunque sólo fuera por esta vez?

Toro Pequeño permaneció en silencio unos instantes, pensativo. Luego, Omri vio brillar una vez más aquella mirada suya, una mirada de indio que sabe lo que se hace.

—Bueno —contestó—. Toro Pequeño dar a Boone medicina; hacerle mi hermano cuando estar fuerte. Y Omri meter figura de plás–tico en el armario y hacer mujer para Toro Pequeño.

—Esta noche no —contestó Omri con firmeza—. Por hoy ya hemos tenido suficientes emociones. Esta noche te quedarás en vela al cuidado de Boone, le darás las pastillas, agua, cuando te la pida, y todo eso… Mañana, si todo va bien, te traeré a tu mujer, te lo prometo.

16. HERMANOS

Omri intentó dormir. Patrick se había quedado frito al instante, pero él no era capaz de conciliar el sueño, a pesar de que estaba completamente rendido. Permaneció, pues, con los ojos abiertos, a la luz de la vela, con la cabeza vuelta hacia la cama de Boone y observando a Toro Pequeño, que se mantenía a su lado sentado con las piernas cruzadas. De vez en cuando, Omri cerraba los ojos, pero sólo por un instante, apenas una cabezadita, y cuando volvía a abrirlos, siempre se encontraba con la fija mirada de Toro Pequeño.

Acaso permanecía despierto por culpa del ratón: oía sus pasos bajo las tablas y eso lo ponía un poco nervioso, aunque en ningún momento lo vio asomar. Pero no, lo que lo tenía despierto era otra cosa…

¿Qué iba a hacer ahora?

Podía hacer una mujer para Toro Pequeño tal y como había prometido, pero luego ¿qué?

Bastante difícil resultaba cuidar de una persona, esconderla y alimentarla. Y mucho más aún después de la aparición de Boone. Ahora, si creaba a la mujer, ya serían tres. Y con una mujer joven y dos hombres, problema seguro.

A pesar de su carácter salvaje, de sus continuas exigencias y malos modos, de su crueldad en ocasiones, a Omri le gustaba Toro Pequeño. Hubiera querido conservarlo. Pero ahora ya sabía que eso no era posible. Le diera las vueltas que le diera, al final, siempre llegaba a la misma conclusión: habría problemas. De manera que tendría que utilizar la magia para devolverles a todos al lugar y al tiempo de donde venían.

Una vez tomada, muy a su pesar, esta decisión, Omri se sintió un poco más tranquilo y pudo quedarse dormido. Cuando abrió los ojos, había amanecido; se oía cantar a los primeros pájaros y ya no quedaba rastro alguno de la vela. Por lo visto, el hámster también se había quedado dormido, lo mismo que Toro Pequeño, que daba cabezadas encima de su arco… Omri miró a Boone. La venda amarilla subía y bajaba acompasadamente sobre su pecho; la piel ya no tenía aquel extraño color ceniza. Parecía mucho mejor… Toro Pequeño, por supuesto, no debería haberse quedado dormido, pero, bueno, había hecho lo que había podido. Omri se levantó.

Su chaqueta colgaba del perchero que había detrás de la puerta. Sacó del bolsillo la figurita de la joven. De puntillas, se dirigió al armario, sacó al soldado enfermero, metió a la mujer y cerró con llave.

Contó hasta diez y se oyeron unos ruiditos. Omri, entonces, abrió la puerta para que la joven no se asustara al verse rodeada de tanta oscuridad. Después volvió corriendo a la cama, se cubrió con la manta hasta los ojos y esperó a ver qué ocurría.

Al principio no ocurrió nada. Después, poco a poco, vio cómo la puerta se movía y dejaba paso a una preciosa joven. Había ya suficiente luz en el cuarto y Omri pudo distinguir con claridad sus negros cabellos, el bronceado color de su piel y el rojo brillante de su vestido. No podía ver la expresión de su cara, pero se la imaginaba del más absoluto asombro. La mujer miró a su alrededor y enseguida descubrió a Boone, tumbado en el suelo, y a Toro Pequeño, adormilado a su lado.

Se aproximó a ellos con mucho cuidado. Durante un momento permaneció inclinada sobre la espalda de Toro Pequeño, sin saber si despertarlo o no. Por fin decidió que no y, pasando por encima de los pies de Boone, se sentó al otro lado, frente a Toro Pequeño, con las piernas cruzadas.

La mujer miraba fijamente a Toro Pequeño. Los tres estaban tan inmóviles que parecían otra vez de plástico. Entonces se oyó cantar a un mirlo desde la ventana y sus trinos despertaron a Toro Pequeño, que se enderezó bruscamente.

La vio enseguida. Todo su cuerpo experimentó una sacudida. Omri sintió una especie de pinchazo en la nuca. ¡Cómo se miraban el uno al otro! Así continuaron un rato largo. Luego, lentamente, los dos se pusieron de pie.

Toro Pequeño se dirigía a ella dulcemente con su extraña, susurrante voz, casi sin mover los labios. Ella le contestaba. Él sonreía. Uno al lado del otro, sin tocarse, hablaron durante algunos minutos en voz baja. Después él extendió la mano y ella le permitió tomar la suya.

Permanecieron un rato en silencio. Después se soltaron. Toro Pequeño señaló a Boone y empezaron a hablar de nuevo. La joven se arrodilló y tocó la frente de Boone suavemente. Miró a Toro Pequeño y asintió con un gesto. Finalmente, Toro Pequeño miró a su alrededor y vio a Omri.

Omri llevó un dedo a sus labios y movió la cabeza de un lado a otro para darle a entender que no descubriera aún su presencia.

Toro Pequeño asintió. Tomó a la joven de la mano y la llevó hasta la bandeja, subieron la rampa y se metieron en la cabaña. Al cabo de un par de minutos, él salió y corrió hacia el borde de la mesa, hasta ponerse lo más cerca posible de Omri. Éste se inclinó para poder hablar sin hacer demasiado ruido.

—¿Te gusta?

—Sirve para mujer de Jefe.

Omri se dio cuenta de que eso era lo más parecido a la palabra "gracias" que podía oír de sus labios. Pero no le importó.

—Ahora Omri escuchar a Toro Pequeño. Mujer decir que Boone estar bien. No morir. Toro Pequeño contento. Omri llevar a Boone, poner dentro de cabaña. Mujer cuidar, dar medicinas —y le enseñó la caja—. Omri conseguir comida. Celebrar fiesta de boda.

—Pero ¿cómo vais a celebrar una fiesta vosotros dos solos?

—Sí…, no estar bien. ¿Omri poder hacer más indios para invitar a fiesta? —preguntó con cierta esperanza.

Cuando Omri dijo que no con la cabeza, el semblante del indio se entristeció.

—Oye, Toro Pequeño, ¿no preferirías celebrar la fiesta en tu tierra y con tu propia tribu?

Toro Pequeño no era tonto. Entendió enseguida. Se quedó quieto, mirando a Omri.

—Omri meter en caja. Devolver a casa —dijo.

Su voz parecía tan inexpresiva que Omri no hubiera sabido decir si la idea le gustaba o no.

—¿Qué te parece? ¿No sería mejor?

Muy lentamente, el indio asintió con la cabeza.

—¿Y Boone? —preguntó.

—Boone también.

—Hacer hermanos primero —dijo Toro Pequeño.

—Sí. Y después os enviaré de vuelta.

—¿Cuándo?

—Cuando Boone se recupere.

Ahora que Omri había tomado aquella decisión, todos los días eran muy importantes, porque cada día que pasaba estaba más cerca del último.

Patrick estaba también muy triste, pero aceptó la decisión de Omri sin rechistar.

—No hay otra solución —reconoció Patrick.

No se lo volvieron a cuestionar ya más.

Patrick intentaba, eso sí, estar en casa de Omri todo el tiempo que le era posible. Apenas podía hacer nada con Boone, y eso que en un par de días éste ya podía sentarse y quería que le trajesen a su caballo para charlar un rato con él, y comida, toda clase de comida y de bebida.

—No pensaréis que puedo recuperar mis fuerzas sin beber algo decente —decía.

Un día, incluso, simuló que se desmayaba y Omri se vio obligado a coger un poco de whisky del armario de las bebidas y echarlo en un nebulizador. Después, vertió un par de gotas en su garganta, como había visto hacer a Tommy. Todo eso antes de que la joven india, cuyo nombre era "Estrella Gemela", consiguiera convencerlo de que Boone se encontraba perfectamente y de que su desmayo había sido fingido.

En cualquier caso, el vaquero había experimentado tal mejoría que tanto Patrick como Omri pensaron que aquello no podía hacerle ningún daño (aparte de que "debía de estar acostumbrado") y, desde entonces, Boone se tomaba su copita tres veces al día. La verdad es que mejoró muy deprisa.

—Mañana ya podrá irse —dijo Omri al cuarto día, cuando Boone, ayudado por Toro Pequeño, consiguió subir a su caballo y darse un paseo alrededor de la bandeja—. Creo que en su propia época podrán cuidar de él mucho mejor que nosotros.

Omri tuvo entonces una idea y sacó del bolsillo el dibujo que había hecho Boone.

—Boone, ¿es éste tu pueblo?

—¡Pues claro!

Omri volvió a examinar el dibujo detenidamente con la lupa y en el extremo de una de las calle descubrió un pequeño letrero que decía: "Doctor".

—¿Es bueno este doctor? —le preguntó Omri.

—Tan bueno como el mejor, ¡sí, señor! Es capaz de sacarte una bala o de abrirte el mordisco de una serpiente en el pie con tanto oficio como el que más… Yo le he visto salvar la vida a un amigo mío colocándole un carbón encendido sobre el estómago. Además, nunca opera a nadie antes de tenerlo bien borracho, y no cobra ni un penique de más por el alcohol…

Omri y Patrick se miraron.

—¿Tú crees que…?, ejem, ¿con ese doctor estarás en buenas manos? —preguntó Patrick, preocupado.

—¡Desde luego! Además, ya estoy casi bien del todo y la herida se va cerrando sin problemas. Mientras consiga mis dos o tres tragos de whisky al día, apuesto a que no tendré ninguna complicación.

Boone no parecía resentido con Toro Pequeño por haberle disparado.

—¡Son cosas de indios! Para ellos es tan difícil controlarse como para mí el estar separado de mi caballo o de mi botella.

Llevarían a cabo la ceremonia del hermanamiento la última noche.

—Ojalá pudiéramos hermanarnos con *nuestros* hermanos —le dijo Patrick a Omri a la mañana siguiente en el colegio—. Imagina que se lo contamos… ¡Nunca nos creerían!

—Mandarlos de vuelta a su propio mundo —contestó Omri lentamente— no quiere decir que desaparezca la magia para siempre. Guardaré la llave en un sitio seguro para no sentir tentaciones; pero la llave siempre estará ahí.

Patrick lo miró fascinado:

—Nunca se me hubiera ocurrido —dijo también lentamente—. Así que, dentro de unos meses o de unos años, nada podrá impedirnos traer de nuevo a Boone o a Toro Pequeño… De visita, me refiero.

—No sé —contestó Omri—. Quizá su tiempo sea diferente del nuestro. Sería horrible que hubieran envejecido o que…

No se atrevió a decir "o que hubieran muerto". ¡Tanto Boone como Toro Pequeño venían de unos tiempos tan difíciles! Omri sintió que un temblor le recorría todo el cuerpo y cambió enseguida de conversación.

—Por lo que se refiere a mis hermanos, lo único que quisiera es que mantuvieran al hámster metido en su caja.

Gracias a un poco de queso y a una caña de pescar, y después de una paciente espera, Omri había conseguido capturar al ratón, y había amenazado a Gillon con las peores desgracias si volvía a dejarlo escapar.

Los dos amigos fueron a "Yapp" al salir de clase y compraron algunas cosas para la fiesta: cacahuetes salados, patatas, chupa–chups y chocolatinas. Omri compró también un poco de carne muy, muy picada para hacer unas hamburguesas (una cucharita hubiera sido suficiente, pero era ridículo pedir *esa* cantidad al carnicero). Llevaron también pan, galletas, pastelitos y Coca–Cola, y Omri volvió a birlar un poco de whisky, sin lo cual –mucho se temía– a Boone aquello no le hubiera parecido ni fiesta ni nada.

A Omri le había sorprendido bastante que Boone no pusiera ningún reparo al hermanamiento de sangre. Es más, parecía entusiasmado con la idea.

—No conozco a nadie que sea hermano de sangre de un Jefe indio —decía orgullosamente, mientras se remangaba la camisa y Estrella Gemela le frotaba cuidadosamente el brazo con agua y jabón.

Pero cuando vio a Toro Pequeño afilar su cuchillo, su rostro se volvió blanco como la cera.

—¡Demonios, eso va a doler! —protestó.

Patrick le dijo que se callase y que no fuera cobarde.

—Es sólo un corte de nada.

—¡Claro, como tú no eres el que tiene que hacerlo, te resulta fácil hablar! La verdad es que, después de todo, no creo que sea tan buena idea…

Pero enseguida se animó cuando vio la hoguera y le llegó el olor de la carne que Estrella Gemela estaba preparando en la punta de un palo. Omri le sirvió un buen trago de whisky y ya no necesitó nada más: se dirigió encantado a Toro Pequeño y, ofreciéndole su brazo con un ampuloso gesto, dijo:

—¡Corta, hermano!

Pero a Toro Pequeño aún le quedaban por hacer unas cuantas cosas: lavarse, rezar a los espíritus y bailar una danza maravillosa alrededor del fuego. Acabado lo cual, con la punta del cuchillo se hizo en la muñeca un pequeño corte. Brotó la sangre y Boone, nada más verla, rompió a llorar:

—¡No, no quiero! ¡He cambiado de opinión! ¡Ya no quiero!

Pero ya era demasiado tarde. Toro Pequeño le cogió el brazo y, antes de que Boone pudiera darse cuenta, el daño ya estaba hecho.

Estrella Gemela ató entonces las muñecas de ambos con una tira de piel que arrancó de su vestido. Boone, encantado, no pudo contenerse y exclamó:

—¡Lo conseguí! ¡Lo conseguí! Ahora yo también soy en parte indio. ¡Guauuu…! Creo que, a partir de ahora, ya no me volveré a meter más con ellos.

Luego, los dos "hermanos" se sentaron en el suelo. Toro Pequeño sacó una pequeña pipa y un poco de tabaco maloliente y él y Boone, por turnos, se la fueron fumando tranquilamente. Estrella Gemela les sirvió la comida que había preparado para ellos y Patrick y Omri les rindieron honores, los felicitaron calurosamente y se sentaron a comer con ellos. Mantuvieron el fuego del campamento con los palitos de las cerillas y un poco de polvo de carbón que Omri había recogido en la carbonera, y que cuando lo echabas sobre el fuego hacía saltar unas chispitas minúsculas. Contemplando el fuego y a las tres figuras sentadas a su alrededor, los dos amigos perdieron la noción de su propio tamaño.

—Me siento como si tuviera su misma estatura —murmuró Patrick.

—A mí me pasa lo mismo.

—Ojalá fuéramos todos iguales, así no habría ningún problema.

—¿Que no habría problemas con dos indios pidiendo cosas continuamente y un vaquero llorón?

—Quiero decir que si nosotros fuésemos también pequeños, podríamos entrar en su mundo, dormir en su casa, montar en sus caballos…

—A mí tampoco me importaría comerme una de esas hamburguesas… —dijo Omri.

Estrella Gemela se encontraba ahora arrodillada junto al fuego, cuidando de que no se apagara y cantando dulcemente. Uno de los caballos relinchó. Boone parecía dormir apoyado en el hombro de Toro Pequeño, que era el único que se mantenía atento a lo que ocurría a su alrededor. De pronto, con su mano libre, hizo un gesto a Omri.

Omri se inclinó para poder oírle:

—¡Ahora! —dijo.

—¿Ahora? ¿Quieres regresar ahora?

—Buen momento. Todos felices. No esperar a mañana.

Entonces Omri miró a Patrick. Su amigo asintió con la cabeza.

—Cuando entres en el armario, agarra bien a Estrella Gemela; si no, a lo mejor no se va contigo.

—Mujer regresar con Toro Pequeño. Toro Pequeño sujetar, no dejar escapar. ¡Caballo también! ¡Toro Pequeño no iroqués sin caballo!

—Pero Boone tendrá que regresar solo; si se va contigo, tu gente lo matará aunque tú seas su hermano.

Toro Pequeño miró a Boone, dormido a su lado, y sus dos muñecas todavía atadas. Después cogió su cuchillo y cortó el nudo que los mantenía unidos. Patrick, con suavidad, levantó a Boone.

—No olvidéis su sombrero, ¡nunca nos lo perdonaría!

Para estar más seguros, colocaron a Boone sobre su caballo. Todo el mundo sabe que los vaqueros, a veces, duermen mientras cabalgan, y Boone ni siquiera se movió cuando Toro Pequeño, llevando a su caballo por la brida, lo bajó por la rampa hasta el suelo y luego lo subió por otra rampa que Omri había colocado para llegar al armario. A continuación, Toro Pequeño regresó a la bandeja. Con gran cuidado, él y Estrella Gemela apagaron el fuego y miraron por última vez su cabaña. Finalmente, subió a Estrella Gemela al poni y se dirigió hacia el lugar donde esperaba Boone.

Durante unos minutos permanecieron todos juntos al fondo del armario sin atreverse a decir una palabra. Omri ya estaba a punto de cerrar la puerta, cuando Patrick dijo:

—Lo siento, tengo que despertar a Boone; quiero despedirme de él.

Al oír su nombre, Boone se despertó sobresaltado y a punto estuvo de caerse del caballo. Lo evitó agarrándose con fuerza a la silla de montar.

—¿Qué quieres, chico? —preguntó a Patrick, que tenía la cara prácticamente pegada a la suya.

—Vas a volver a casa, Boone. Sólo quería despedirme de ti.

Entonces Boone lo miró y su cara se contrajo en un tremendo puchero.

—¡No soporto las despedidas! —sollozó mientras las lágrimas empapaban el pañuelo que acababa de sacar del bolsillo—. Simplemente, no me gustan y no me gustan.

Y se sonó los mocos con un gran estruendo.

Omri y Toro Pequeño se miraron el uno al otro. Tenían que hacer algo, algo especial para despedirse. Fue Toro Pequeño quien se adelantó:

—Omri, extender mano.

Omri extendió su mano. El poni, inquieto, comenzó a moverse, pero Toro Pequeño lo sujetó con firmeza. Luego agarró el dedo meñique de su amigo y le hundió el cuchillo en la yema. Al instante brotó una gota de sangre. Entonces Toro Pequeño, con toda solemnidad, unió su mano a la de Omri y la mantuvo así durante unos segundos.

—Hermano —dijo mirándole por última vez a la cara con aquellos ojos suyos tan fieros.

Omri retiró por fin su mano. Toro Pequeño subió de un salto a su caballo, detrás de Estrella Gemela, a quien sujetó fuertemente por la cintura de manera que él, ella y el poni formaban ahora una sola cosa, tan fuertemente unidos que nada de lo que pudiera ocurrir en el azaroso viaje que iba a trasladarlos a través del tiempo y del espacio sería capaz de separarlos.

Toro Pequeño levantó entonces el brazo haciendo el saludo indio. Omri llevó su mano a la puerta. Era muy doloroso tener que hacerlo. Apretó fuertemente los dientes. Boone y su caballo permanecían más o menos quietos, pero el poni indio comenzó a patear y a moverse, levantó la cabeza y relinchó impaciente.

—¡Ahora! —gritó Toro Pequeño.

Omri contuvo la respiración y cerró la puerta con llave.

Los dos amigos se quedaron como congelados por la tristeza, por lo extraordinario que resultaba todo aquello. En esos momentos la magia ya había empezado a hacer su efecto. Contaron hasta diez. Después, muy despacio, Omri, que no había soltado la llave, la hizo girar y abrió la puerta.

Allí estaban, en dos grupos de figuras de plástico: simples objetos, simples formas vacías de los seres que todos ellos habían sido hasta hacía apenas un instante. Omri y Patrick los cogieron, cada cual los suyos, y los examinaron en vano. Todos los detalles que revelaban la existencia de una verdadera vida se habían vuelto borrosos: el plástico era incapaz de representar con exactitud la extraordinaria belleza de sus adornos, el cabello, los músculos, los pliegues de la ropa, el lustre de la piel de un caballo o el hermoso cutis de una joven…

Cuando Omri y Patrick levantaron los ojos, los dos los tenían húmedos.

—Podíamos recuperarlos de nuevo, sólo un minuto —dijo Patrick con voz ronca.

—No.

—Lo sé..., lo sé. Ahora estarán ya en su casa, ¿verdad?

Omri cogió sus figuritas –el indio, la joven y el caballo– y, para tenerlos siempre al alcance de su vista, los colocó en una estantería al lado de la cama. Patrick metió los suyos en el bolsillo ahuecando la mano como si quisiera darles calor.

Luego, Omri cogió la llave y salió de la habitación.

Su madre estaba en la cocina preparando un chocolate caliente antes de irse a la cama. Miró a Omri y, al ver la cara que traía, le preguntó preocupada:

—¿Qué pasa hijo? ¿Qué ha ocurrido?

—Nada; no pasa nada, mamá. Simplemente quiero que guardes tú la llave. El otro día la perdí, pero la he encontrado, y como me dijiste que tuviera cuidado con ella... Creo que es mejor que la guardes tú. Por favor.

Su madre estuvo a punto de decir que no, pero, ante la mirada suplicante de su hijo, cambió de opinión y la cogió.

—Compraré una cadena y la llevaré siempre conmigo —dijo—. ¡Tal y como prometí hacer cuando me la dio mi abuela!

—*Tú* no la perderás, ¿verdad?

Su madre negó con la cabeza y, de pronto, se inclinó sobre él y lo abrazó. Estaba temblando. Omri volvió corriendo a su habitación. Patrick seguía mirando al armario.

—¡Venga, vamos a buscar frascos de medicinas! —dijo Omri más alto de lo necesario—. Las guardaremos en el armario y nos imaginaremos que somos médicos y...

Su voz se quebró. Aquello era una bobada: juegos de niños que ya no le interesaban en absoluto.

—Yo preferiría ir a dar una vuelta —dijo Patrick.

—Pero ¿qué haremos con el armario? —preguntó Omri, desesperado.

—Déjalo vacío —sugirió Patrick—, por si acaso.

No explicó a qué se refería con aquello de "por si acaso", pero tampoco era necesario. Ambos sabían, simplemente, que era *posible*. Con eso bastaba.

ÍNDICE